LE PONT DE L'ÎLE

CHRISTINE O'DOHERTY

LE PONT DE L'ÎLE

roman

Lévesque
éditeur

RÉVERBÉRATION

Catalogage avant publication
de Bibliothèque et Archives nationales du Québec et Bibliothèque et Archives Canada

O'Doherty, Christine

Le pont de l'île : roman

(Réverbération)

ISBN 978-2-924186-14-5

I. Titre. II. Collection : Réverbération.

PS8629.D63P66 2013   C843'.6   C2012-942668-7
                   PS9629.D63P66 2013

Lévesque éditeur remercie le Conseil des Arts du Canada (CAC)
et la Société de développement des entreprises culturelles du Québec (SODEC)
de leur soutien financier.

Lévesque éditeur
11860, rue Guertin
Montréal (Québec) H4J 1V6
Téléphone : 514.523.77.72
Télécopieur : 514.523.77.33
Courriel : info@levesqueediteur.com
Site Internet : www.levesqueediteur.com

Dépôt légal : 1er trimestre 2013
Bibliothèque et Archives Canada
Bibliothèque et Archives nationales du Québec
ISBN 978-2-924186-14-5 (édition papier)
ISBN 978-2-924186-15-2 (édition numérique)

Distribution au Canada
Dimedia inc.
539, boul. Lebeau
Saint-Laurent (Québec) H4N 1S2
Téléphone : 514.336.39.41
Télécopieur : 514.331.39.16
www.dimedia.qc.ca
general@dimedia.qc.ca

Distribution en Europe
Librairie du Québec
30, rue Gay-Lussac
75005 Paris
Téléphone : 01.43.54.49.02
Télécopieur : 01.43.54.39.15
www.librairieduquebec.fr
libraires@librairieduquebec.fr

Production : Jacques Richer
Conception graphique et mise en pages : Édiscript enr.
Photographie de la couverture : Stephen DesRoches [www.stephendesroches.com],
Confederation Bridge, 2012
Photographie de l'auteure : Yvan Labelle

À Daniel,
avec toute ma gratitude.
Et plus encore.

REMERCIEMENT

À René Lapierre, pour sa patience et son immense respect.

Les strates successives de notre vie sont si étroitement superposées que dans l'ultérieur nous trouvons toujours de l'antérieur, non pas aboli et réglé, mais présent et vivant.

Bernhard Schlink

Quand tout a été oublié, il ne reste plus qu'à inventer.

Jonathan Safran Foer

Comme c'est long d'en arriver à ce que l'on doit devenir. D'ailleurs, lorsqu'on y est, c'est déjà le temps d'aller plus loin.

Gabrielle Roy

La route

Je suis partie depuis trois jours et je traverse les Maritimes sous une pluie battante. J'écoute Radio-Canada, une chronique sur le fascisme au Québec dans les années 1940, et une animatrice qui ne cesse d'interrompre son invité. Exaspérée, j'éteins la radio mais la rouvre aussitôt. Le bruit de fond m'engourdit le cerveau. Les nouvelles locales me rappellent que je ne suis plus à Montréal. J'arrête pour faire le plein. J'attrape un sandwich emballé comme s'il s'agissait d'un produit toxique et un thé glacé au snack-bar de la station service. Vestiges de mes voyages d'enfance : il ne fallait pas perdre une minute pour atteindre notre destination. La voiture s'immobilisait seulement si nous n'arrivions plus à nous retenir — et uniquement après les demandes répétées de ma mère. J'observe que je voyage avec la même précipitation, même si rien, ni personne, ne m'attend.

J'hésite un moment avant de m'engager sur le pont de la Confédération. L'ouvrage est intimidant vu de près. Je me dis qu'il vaut mieux faire demi-tour, que l'Acadie ce sera parfait. Que je suis déjà allée trop loin. Pourquoi toujours vouloir davantage ? Mais le désir de m'éloigner est le plus fort. Je me faufile entre deux fardiers et je parcours les douze kilomètres qui relient l'Île-du-Prince-Édouard au continent. Un brouillard laiteux enveloppe l'Île. Je ne vois rien, sauf la ligne blanche au milieu de la route, que je ne quitte pas des yeux. De temps en temps, j'aperçois les feux arrière du camion devant moi. J'avance dans le vide. Pas question d'aller plus vite pour sortir de cet enfer. Un parapet de béton, pas plus haut que trois pieds, sépare ma voiture de la mer que j'imagine déchaînée. Je pense à la tornade qui a soufflé des camions sur le pont Champlain l'été dernier. Je sens ma voiture osciller sous la bourrasque. Ce n'est pas le temps d'avoir une panne. J'aimerais pouvoir fermer les yeux et me laisser conduire. Ma mère se cachait le visage dans les mains pour ne rien voir lorsque nous traversions des ponts. La peur est la pire des maladies héréditaires.

Le camion devant moi gravit une côte. Il y a une dénivellation en plein milieu du pont, je me rappelle vaguement avoir lu quelque chose à ce sujet. Le vent y souffle encore plus fort. Les rafales frappent le côté de la voiture. J'ai l'impression que je vais passer par-dessus bord. Je m'agrippe au volant pour arrêter le tremblement de mes mains. Elles sont moites. Le cœur me débat. Je me sens comme en apesanteur dans ma voiture. Même ma ceinture de sécurité ne me rassure pas.

Je finis enfin par toucher terre. Je prends à gauche pour éviter la ville et ses touristes, longe le circuit côtier de North Cape. Il n'y a pas âme qui vive. Les noms des villages me rappellent ceux du Québec : Alma, Sherbrooke, Mont-Carmel. Je ne tremble plus. Je croise un automobiliste. Il me salue de la main. Je ne suis décidément plus au Québec.

Les maisons de bois, avec leurs fenêtres recouvertes de toiles de plastique, sont délabrées. De la machinerie agricole, des pneus et des rondins coupés, pas encore cordés, jonchent les terrains. Des chiens s'ennuient devant les maisons. Ils tournent en rond. Qu'y a-t-il à faire ici toute la journée, loin de l'activité des grandes villes ? Loin des cinémas et des cafés ? Je n'ai pas remarqué une seule épicerie depuis mon arrivée à l'Île. Toujours cette obsession de la nourriture, comme si j'en avais été privée. Les gens doivent faire des kilomètres pour se nourrir. La voiture n'est pas un luxe ici. Quelques panneaux bleus indiquent l'existence de restaurants et de terrains de camping au bout des chemins de traverse, en direction de la mer. Je ne reconnais aucun des noms. Nous sommes venus camper ici à maintes reprises, mais j'étais trop jeune pour me rappeler les lieux et les paysages. Je ne comprenais rien à l'anglais et ma mère, pour passer le temps, m'apprenait des comptines. Ce dont je me souviens le mieux de nos voyages en camping, c'est le bruit de la pluie qui tombe sur le toit de la roulotte. Je me revois : je lis un roman d'aventures emmitouflée dans une couverture de laine. L'humidité s'infiltre partout et la banquette est trop dure. Je glisse un oreiller sous mon dos, je plie les jambes. Je me déplie à nouveau, aucune position n'est confortable. Mais ce n'est pas important. Je lis. Je n'entends rien des conversations de la famille assise dehors sous l'auvent. Je suis dans ma bulle. Je mange des biscuits au gingembre ramollis et je bois du lait tiède qui ne goûte pas celui de la maison. C'est franchement mauvais. Je préfère les biscuits craquants et le lait froid. Ma sœur entre dans la roulotte, je fais semblant de dormir. Elle me secoue pour me réveiller. Elle veut jouer au Kerplunk. J'ai toujours détesté les réveils brusques, même pour les sommeils feints.

Il y a une brève éclaircie. Je descends la vitre. L'odeur de la mer chasse ma nostalgie. J'ai hâte de m'arrêter, de marcher sur la plage, de sentir les embruns sur mon visage. Je respire profondément. J'aperçois des maisons de bardeaux, délavées par le vent du large. J'aime les maisons, je les décore, je les embellis. Je les admire lorsqu'elles sont seules au milieu de terrains dénudés, défiant les éléments, debout malgré le vent, la neige et le froid. Certaines vieillissent en beauté ; d'autres se décomposent avec les années. Elles ont une âme. Il faut savoir écouter pour la découvrir.

J'entends un grondement qui s'amplifie à mesure que j'avance. On dirait la plainte d'un animal. L'air est chaud et lourd, l'odeur de la mer se mêle à celle de la pluie qui gonfle les nuages. J'aperçois d'abord les pales qui tournent mollement, puis les longs mâts blancs des Vestas. Des éoliennes se dressent devant moi, imposantes comme une forteresse. A-t-on contesté leur édification ? Politique du *pas dans ma cour* ici aussi ? Je m'en fous, je les trouve belles. Une pensée fugitive me traverse l'esprit. L'impression d'être toujours déçue, de ne jamais être satisfaite, de me battre contre des moulins à vent. Des éoliennes érigées sur la pointe ouest de l'Île. North Cape. Le bout de l'Île-du-Prince-Édouard, du Canada. Le bout de ma vie.

La façade de la boulangerie devant laquelle je m'arrête est colorée et parée de fleurs empotées dans des contenants de métal. Un banc de bois peint en rose invite au repos. Le tintement de la cloche annonce mon entrée. L'intérieur est sans charme. Le linoléum crasseux est gondolé par l'humidité. Les pains sont empilés derrière le comptoir dans des caisses de plastique. Les murs en préfini assombrissent la salle. Le café est rempli d'habitués qui prennent une pause à cette heure de la journée. Ils me regardent, l'air blasé. Je cherche un endroit où passer la nuit. La caissière s'informe auprès des clients qui y vont de leurs suggestions. On me donne des numéros de téléphone pendant que je commande un café. De l'eau de vaisselle. Infect comme le muffin aux carottes qui laisse une pellicule graisseuse sur mes lèvres. Je passe quelques appels et déniche finalement une chambre dans un motel-cabines en retrait de la route. C'est la haute saison. Des camionnettes immatriculées au Québec occupent le stationnement. La pluie a cessé. Des enfants s'amusent dans l'eau pendant que leurs parents, qui les surveillent distraitement, avachis dans des chaises longues autour de la piscine, boivent de la bière. Ils parlent fort. On les entend de loin. Un saint-bernard est couché sur le seuil. Il lève les yeux vers moi, avance sa gueule baveuse pour recevoir une caresse. Il est habitué aux étrangers. Je dois l'enjamber pour atteindre la réception. La dame me demande combien de nuits je compte rester. Je ne sais pas. Elle insiste gentiment, me demande d'où je viens. Je suis fatiguée et n'ai pas envie de

répondre à ses questions. Je paie pour la semaine. Ma chambre
est la dernière au bout de la rangée, tout à côté de l'appareil
de climatisation et du filtreur de la piscine. J'ouvre la fenêtre
et une brise s'engouffre dans la pièce, pas plus grande qu'un
débarras. Je lance ma valise sur le lit et je quitte la chambre.
J'ai envie de boire un verre de blanc bien frais.

Les restaurants familiaux ont la cote sur l'Île. Je m'arrête
dans un *diner*. Des néons éclairent la grande pièce meublée
de tables recouvertes de nappes à carreaux rouges. Je m'installe près de la fenêtre. La condensation y a laissé de fines
gouttelettes. La table oscille, je glisse deux sachets de sucre
sous une patte pour la stabiliser. Rien n'y fait, elle boite toujours. L'appareil de climatisation est bruyant. Le restaurant,
vide à cette heure, est déprimant, mais je n'ai pas le choix :
c'est le seul ouvert à proximité et j'ai faim. Je commande un
hamburger et une salade. Le restaurant ne sert pas de vin.
Pas de permis. Les gens boivent trop ici, m'explique la serveuse. C'est plus simple de ne rien servir dans les restaurants.
Y boivent che-zeux. Au bout d'un moment, qui m'apparaît
plus long que la normale, elle m'apporte mon plat. Des frites
molles, presque blanches, s'entassent sur deux feuilles de
laitue iceberg surmontées d'une tranche de tomate verte. Je
demande un Clamato. La serveuse disparaît derrière une
porte qui mène au dépanneur et me ramène une cannette
avec l'étiquette du prix collée dessus. Elle ne m'offre pas de
verre. Je prends une bouchée du hamburger. Le pain imbibé
de gras roule dans ma bouche. Je n'ai plus faim. Je laisse un
billet de vingt dollars sur la table et je sors du restaurant.

La mousse d'Irlande

Les habitants de la pointe ont vu la tempête s'approcher. L'air est salé. Des odeurs de mazout arrivent du golfe. Les oiseaux tournent au-dessus de nos têtes en une chorégraphie désordonnée. Comme moi, ils sont accablés par le temps lourd. Les pêcheurs n'ont pas pris la mer aujourd'hui, ils resserrent les amarres de leurs chalands en bavardant comme si de rien n'était. Leurs éclats de voix arrivent jusqu'à ma maison. Plus tôt dans la journée, le propriétaire est passé pour réparer un robinet qui fuyait. Il avait chaud et s'épongeait le visage avec un linge sale. Il sentait la transpiration. « Pas un temps pour travailler », a-t-il soupiré en se penchant sous l'évier. Je suis allée feuilleter une revue sur la galerie. Avant de partir, il a fait le tour de la maison pour s'assurer que les volets étaient bien attachés. Puis, il a marmonné quelque chose au sujet du toit de tôle qu'il fallait réparer. Je ne suis pas rassurée.

Un bruit me fait sursauter et je me renverse du café bouillant sur la main. Un oiseau s'est écrasé contre la baie vitrée. C'est le deuxième depuis le matin. Quels idiots. Il faut que j'accroche un rideau à cette fenêtre. Je sors voir s'il est encore vivant avant que le chat du voisin ne l'attrape. Il est assommé, incapable de se remettre à voler. Je referme ma paume sur son petit corps chaud comme pour empêcher que son cœur, qui bat trop fort, n'éclate dans sa poitrine. Je le dépose sur un essuie-tout, je mets un peu d'eau au fond d'une assiette avec des boulettes de pain. Je lui caresse la tête. Il se laisse faire. Pendant un moment, j'en oublie la tempête. Le ciel s'obscurcit. La maison devient de plus en plus sombre. J'allume les lampes.

Un courant d'air subit fait claquer la porte moustiquaire. La jardinière suspendue s'écrase au sol. Les voisins ont ri lorsque j'ai accroché ce pot. Les branches du grand pin craquent. Des chaises volent au fond du jardin. Il n'y a plus personne dehors. Je cours ici et là pendant que des éclairs de chaleur traversent le ciel. Je tente de tirer le rideau de la véranda pour couper le vent, mais je n'arrive pas à fixer les attaches aux crochets. Le tissu se tend comme une voile en pleine tempête. Le tonnerre retentit. En me glissant des doigts, le crochet m'érafle le pouce. Ça saigne. Je cours me réfugier dans la maison en jurant intérieurement. J'attrape une bouteille de désinfectant dans la pharmacie et j'en asperge ma blessure. L'écume blanche bouillonne au bout de mon doigt. Le produit est périmé depuis longtemps, mais me donne l'impression de nettoyer la coupure. Je rince et l'enduis de vitamine E. Je me fais un bandage de fortune avec des mouchoirs de papier. Je ferme les fenêtres et j'aperçois mes draps sur la corde à linge. Ils battent l'air furieusement. Le tonnerre cogne de nouveau. Très près.

Un éclair déchire le ciel qui s'ouvre en deux, libérant une pluie abondante et drue. Je ne distingue plus la mer ni les bateaux amarrés. Les rafales fouettent violemment les carreaux. Elles vont fracasser les fenêtres, c'est certain. Je me tiens loin de la grande vitrine. Mon tee-shirt me colle à la peau. La sueur dégouline dans mon dos. Je remonte mes cheveux en chignon. Des mèches se plaquent sur mon cou. Les orages ne m'ont jamais effrayée, mais cette fois, seule devant la mer, je suis terrifiée, aussi agitée qu'elle. Je respire profondément, je ferme les yeux pour me calmer, mais rien n'y fait. Je n'ose pas aller frapper chez mon voisin. Il habite beaucoup trop loin, j'aurais le temps d'être foudroyée. Je m'étends sur le sofa, les mains sur les oreilles. Les éclairs embrasent la mer. Je me relève pour aller saisir dans la cuisine un paquet de biscuits aux pépites de chocolat, que j'avale les uns après les autres, en marchant de long en large. Je bois une longue gorgée de lait à même la pinte. Manger me calme un peu. Le sang suinte au travers de mon pansement.

L'oiseau ne semble pas dérangé par la tempête. Comment savoir si un oiseau dort ou s'il est mort? Un éclair intense illumine la plage avant de plonger toute la côte dans le noir. Il me semble avoir aperçu une lampe de poche sous l'évier lorsque mon proprio réparait le robinet. J'avance dans le demi-jour, je mets le pied dans une flaque. Un autre éclair. L'eau coule du plafond. Misère. Je jette la nappe par terre pour éponger le dégât. Le couvert du dîner tombe avec elle. J'attrape le bac à vaisselle. Le plafond coule à deux autres endroits, je n'en viens pas à bout.

La tempête s'éloigne et le tonnerre ne gronde plus, mais la pluie tombe toujours aussi fort. L'eau coule bruyamment dans les gouttières qui ne fournissent pas. J'entrebâille la porte, la chaleur est toujours aussi suffocante malgré l'orage. J'entends des voix chez mes voisins. De longs faisceaux blancs balaient le paysage en s'entremêlant. Ma corde à linge est tombée. Les draps blancs sont couverts de terre et d'herbe mouillée.

Je m'affale sur le canapé. Les gouttes d'eau s'écrasent dans le bac à vaisselle. Je suis à bout de nerfs. Qu'est-ce que je suis venue faire ici?

Je me réveille tout habillée, sur le divan. Mes vêtements sont humides. Je ne me rappelle pas m'être endormie. Je suis courbaturée et mon cou est raide. Un rayon de soleil me darde. J'ouvre les yeux lentement. Je regarde autour. L'horloge numérique du four à micro-ondes clignote. Le plafond ne dégoutte plus. Le chardonneret m'observe depuis le rebord de la fenêtre, étonné de se trouver à l'intérieur.

Je prends une longue douche. L'eau chaude me détend. Mon pouce ne saigne plus. Rien de tel que la vitamine E pour cicatriser les blessures. J'en applique une fine couche sur mon visage en massant délicatement. Je m'enduis le corps d'une crème à l'avoine qui me donne faim. L'angoisse d'hier est disparue. J'enfile des vêtements secs et je prépare du café. Je sors sur la véranda. De petits moutons blancs viennent s'échouer sur la plage. Le sable qui, hier, tournoyait dans les airs est maintenant lisse comme une nappe bien repassée. De gros cumulus planent en projetant au sol des ombres chinoises. Un vent doux et frais effleure ma peau. À part quelques chaises retournées et une jardinière cassée, il ne reste plus aucune trace de l'orage.

Sur le rivage, les pêcheurs ont troqué leurs bateaux pour des chevaux. Les bêtes sont harnachées de longs râteaux et sillonnent la plage. On dirait une danse bien orchestrée. La plupart restent en eau peu profonde, mais certains s'aventurent plus loin. Leurs épaules puissantes repoussent les vagues avec une étonnante facilité. Les jambes des cavaliers sont immergées jusqu'aux hanches. C'est extraordinaire que des habitants de l'Île récoltent encore la mousse d'Irlande de cette façon. Magnifique. Je descends vers la grève à leur rencontre.

J'ai toujours été fascinée par les chevaux. Le père de Nathalie, ma meilleure amie, avait une écurie. Quelquefois, au cours de l'été, nous partions en excursion avec son père et son frère, Rémi, pour qui j'avais un énorme béguin. Il avait dix-sept ans et ne s'intéressait pas vraiment à moi. Pour lui, je n'étais qu'un bébé de treize ans, mais je me disais que s'il me trouvait bonne cavalière, j'avais peut-être une chance de lui plaire.

Je montais Dolly, une vieille jument dont la croupe, largement incurvée, me donnait le sentiment d'être protégée. Pourtant, dès que les autres chevaux se mettaient en marche, Dolly les dépassait au trot, l'encolure bien droite, la crinière au vent. Elle cherchait à les défier, à leur montrer qu'elle n'était pas finie, qu'elle avait encore de bons jours. J'avais entre les jambes une bête orgueilleuse. Nous étions faites pour aller ensemble. J'étais déstabilisée, mais je ne voulais pas avoir l'air poltronne devant Rémi. Mon cœur battait fort et les rênes me glissaient des mains. Je tentais de demeurer en selle sans trop tirer sur la bride ou serrer les genoux. Au bout d'un moment, Dolly ralentissait, essoufflée par son petit manège. Le sentier sillonnait un champ de blé et les longues tiges qui m'arrivaient aux genoux formaient un rempart rassurant contre les chutes. Enfin, c'est ce que j'aimais croire. Je descendais à pied la colline qui menait au cours d'eau. La promenade au bord de la rivière était agréable. Les vaguelettes léchaient les mollets de Dolly qui préférait avoir les flancs au sec.

Les cavaliers reviennent à présent vers le rivage. Ils retirent les harnais des chevaux qui flânent sur la plage pendant que les moissonneurs transvident les algues dans les pick-up. Les chevaux secouent leurs crinières mouillées, leurs naseaux frémissent. Ils flairent les cageots remplis de carottes et de pommes. J'enlève mes sandales et roule mes pantalons. Je m'approche de l'une des bêtes. Sa robe est châtain clair, son chanfrein doux comme du velours. Elle prend la pomme dans ma main ouverte. Je sens son souffle chaud sur ma paume. Sa barbe me chatouille. Je pense à Rémi en souriant.

Photos de vacances

Ma mère sourit rarement sur les photos. Surtout les photographies de vacances. Elle a toujours l'air préoccupée : elle nous interdit de déranger mon père avec des peccadilles. Elle dit que ce sont ses vacances à lui. Elle voit à tout, comme à la maison, le confort et l'espace en moins, et prépare les repas sur la minuscule cuisinière de la roulotte. Ma mère n'a jamais aimé cuisiner. Elle préfère les choses simples qui se préparent rapidement. Se nourrir est pour elle une tâche parmi d'autres. Elle mange du bout des lèvres.

En camping, elle fait la lessive à la buanderie publique. Mettre nos vêtements dans des machines que d'autres personnes ont utilisées lui fait horreur, je ne comprends pas pourquoi. Les machines à laver sont forcément propres. Elle me répète toujours de faire bien attention à ne rien échapper sur le plancher. L'autre jour, elle a piqué une crise lorsque notre voisin a rapporté les sous-vêtements que j'avais oubliés dans la sécheuse. La scène était assez cocasse. Il tenait les sous-vêtements dans ses mains et expliquait — en anglais — quelque chose à ma mère qui comprenait à moitié. Après quelques minutes, elle lui a arraché les vêtements et est rentrée dans la roulotte en me criant de la suivre. Je lui ai dit « ce n'est pas grave, tout le monde porte des petites culottes ». «Fais pas ta finfinaude. » Elle m'a privée de dessert pour le reste de la semaine. Heureusement, nous étions déjà jeudi.

Je crois que ma mère ne s'amuse jamais en vacances. Elle s'inquiète des orages électriques, des vents violents qui peuvent arracher l'auvent, des dangers d'électrocution, des coups de soleil à traiter à la calamine qui tache tout et se plaint de l'humidité dans les sacs de couchage qui provoque un frisson malgré la chaleur à l'extérieur. Mon père lui dit de ne pas s'énerver pour rien, ce qui, à mon avis, l'énerve encore plus. Elle est moins patiente qu'à la maison et nous dispute souvent.

Ce qui l'effraie par-dessus tout, je crois, c'est l'eau. Douce, chlorée ou salée, cela ne fait aucune différence. Ma mère ne s'approche jamais de l'eau. Je ne sais pas pourquoi elle en a si peur. Mon père veut voir la mer l'été. Des vacances sans camping au bord de la mer sont inconcevables pour lui. Nous plions bagage dès la fin des classes et ne revenons qu'au début du mois d'août.

Je suis la cadette d'une famille de trois enfants. J'ai une sœur, Juliette, et un frère, Michel. Ils me traitent comme un bébé et cela m'exaspère. Ils disent que je pleure trop souvent. J'ai la permission d'aller à la mer seulement si mon père y va. Il me juche sur ses épaules et nous avançons jusqu'à ce que le niveau de l'eau atteigne son cou. Ce qui veut dire très loin parce que mon père est grand. Même ma sœur et mon frère ne vont pas aussi loin. Je parie qu'ils ne savent pas que l'eau se retire parfois pour former de petites oasis au milieu de la mer. Mon père m'y dépose pour aller nager. Je piétine le sol pour repousser les vaguelettes qui viennent se briser sur mon îlot. Les empreintes laissées par mes pieds sont aussitôt recouvertes par l'eau. Je joue à Robinson Crusoé. Nous sommes sur une île déserte. Mon père plonge dans les flots. Je suis un peu inquiète lorsqu'il s'éloigne en me laissant seule au beau milieu de la mer. La marée pourrait monter et je serais engloutie. Mais il ne part jamais longtemps et cela me soulage à chaque fois de le voir réapparaître en crachant des jets d'eau bien droits, comme une baleine. Je remonte sur ses épaules et nous laissons le courant nous ramener vers le rivage.

Mon père dit qu'il est temps que j'apprenne à nager. Il me tient à l'horizontale. Je suis toute raide. Le clapotis de l'eau m'éclabousse le visage. J'en avale un peu. Mon père essaie de me convaincre qu'il n'y a rien de plus facile que de nager. « À cause du sel », me dit-il. « Tu vas flotter sur l'eau à cause du sel. Il n'y a aucun danger. » Mon père n'aime pas les peureux. Alors je ne lui dis pas que j'ai peur et que je préférerais qu'il me prenne dans ses bras pour m'amener au large, comme d'habitude.

Je m'agite dans l'eau mais je n'arrive pas à coordonner mes jambes et mes bras. Je lui crie de ne pas me lâcher. Nous nous éloignons de la plage. Ma mère est toute petite sous le grand parasol rayé jaune et vert. Elle ne me voit pas, elle a le nez plongé dans son livre. Mon père m'explique les mouvements du crawl. « Il faut alterner les bras tout en battant des jambes pour avancer plus vite ; relève la tête de côté pour respirer par la bouche. Pas par en avant, sur le côté ! Ferme les yeux. » Je mélange tout. Je ne comprends rien à ses explications et j'avale de plus en plus d'eau. Mon corps balance dangereusement sur ses avant-bras. Il me répète ses directives, s'impatiente parce que je ne fais pas ce qu'il me dit. Je me concentre pourtant sur mes mouvements, mais les conseils de ma sœur qui nage maintenant autour de nous me distraient. Elle m'énerve. Tout à coup, je ne sens plus les bras de mon père sous mon ventre. Il m'a laissée tomber ! Je panique. Une vague se jette sur moi. J'essaie de reprendre pied mais je ne touche pas le fond. Je vais me noyer.

Sous l'eau, tout est silencieux. Je n'entends plus ma sœur, les vagues ont cessé leur va-et-vient. Seule une petite ondulation, provoquée par des jambes sans corps qui continuent de battre l'eau autour de moi, me berce doucement. Comme une feuille qui tombe d'un arbre. J'ouvre les yeux pour y voir plus clair. Mes pieds effleurent un tapis de galets blancs et rosés. J'allonge le bras pour ramasser une pierre nacrée plus brillante que les autres et la coince dans un pli de mon maillot de bain. Un crabe décampe aussi vite que le lui permettent ses petites pattes en soulevant des nuages de sable qui brouillent l'eau. Les rayons du soleil illuminent les particules dorées qui voltigent autour de moi comme des flocons de neige. Des poissons exotiques me soufflent des baisers et ma bouche se remplit d'eau. Je n'arrive plus à respirer. Des cris me parviennent d'en haut. Mon cœur bat dans mes tempes et mes poumons commencent à brûler. Je me donne une poussée et la douleur transperce mon pied. Deux mains m'empoignent solidement pour me ramener à la surface.

Il fait beaucoup plus froid au-dehors. L'eau salée me brûle le nez et la gorge. Je la recrache à travers mes larmes. Mes yeux piquent. Mon père a l'air contrarié. « Il faut continuer à battre des jambes pour ne pas couler », me dit-il. Ma sœur m'éclabousse en riant comme si de rien n'était. « Allez, gros bébé, t'as juste pris un bouillon. Tu vas t'en remettre. » Je sanglote en m'accrochant au cou de mon père. Je ne veux pas recommencer. Mon pied a heurté un objet coupant et la vue du sang dissuade mon père de poursuivre la leçon de natation. Il me ramène sur le rivage. « On va revenir demain », me dit-il. Ma mère nous attend sur le sable et m'arrache des bras de mon père. Elle a tout vu. Elle ne voudra pas que j'y retourne.

Le bandage doit être conservé au sec, a précisé l'infirmière en le recouvrant d'une chaussette de coton jaune qui m'empêche d'attacher mon espadrille. Je ne ressens plus de douleur mais je fais semblant de boiter devant mon père. Ma sœur et mon frère se moquent de moi. Ma mère me garde près d'elle et ne veut plus que je m'éloigne. Alors, je fais la grande roue dans le sable en prenant bien soin de ne pas salir mon pansement. Ma chaussure vole au-dessus d'un couple de vacanciers endormi qui ne s'aperçoit de rien. « Fais attention Gabrielle ! » me crie ma mère. Mon père lui dit qu'il faudra bien que je surmonte ma peur. Elle l'avertit de ne pas me brusquer.

En creusant des trous dans le sable, je guette ma mère du coin de l'œil. Mon père est parti avec ma sœur et mon frère au parc d'attractions. Ils voulaient m'emmener avec eux, mais j'ai prétexté ma douleur au pied. Ils n'ont pas insisté. Je préfère rester sur la plage avec ma mère. Les cônes de sable que j'empile les uns sur les autres ne ressemblent pas vraiment à un château. Le manche de ma pelle de plastique s'est cassé. Je suis fatiguée de creuser, de tasser et d'empiler pour rien. Je m'ennuie.

Il est presque midi. Le soleil tape dur sur nos têtes. J'ai chaud, mais il est hors de question que j'aille à l'eau. « Tu veux manger quelque chose ? » Nous rangeons le matériel de plage dans les casiers réservés aux baigneurs et nous nous dirigeons vers les restaurants sur la jetée. Ma mère commande deux orangeades et deux frites. Le gras traverse le cornet de papier. Elle ajoute du vinaigre et beaucoup de sel, je préfère cela au ketchup. Les goélands, attirés par l'odeur de la friture, tournent au-dessus de nos têtes en lançant des cris stridents. J'avale mon repas en vitesse.

Nous marchons tranquillement sur la rue principale. Pour une fois, nous ne sommes pas pressées. Ma mère m'achète un petit sac à main recouvert de coquilles dans lequel je glisse mon porte-monnaie. Le sac est muni d'une belle courroie rose et je le porte en bandoulière sur mon tee-shirt d'Old Orchard Beach, Maine. Ma mère est détendue, elle rit. Elle porte une robe d'été bleu pâle et des sandales à talons hauts. La couleur de sa robe contraste avec son bronzage. Même en vacances, ma mère soigne sa tenue. Elle ne sort jamais sans maquillage ni sans se parfumer. Elle met du temps à se préparer et mon père s'impatiente toujours en l'attendant.

Nous faisons des grimaces dans le photomaton. Les photos sont ratées parce que je bouge sans arrêt. Nous décidons de recommencer. La seconde série est mieux. Ma mère m'assoit sur ses genoux et passe ses bras autour de moi. Elle dit que c'est pour m'empêcher de gigoter. Sur les photos, son visage est collé contre le mien. Je lui ressemble. Nous avons la même bouche et le même menton rond. Je glisse précieusement les photos dans mon sac.

Je repère un gros coquillage blanc sur une tablette. Je comprends à demi ce que le vendeur me dit. Il parle anglais. Il appuie la coquille contre mon oreille. Je sais qu'on doit y entendre la mer. Ma grand-mère en a un semblable. «Listen carefully to the sound of the sea.» *Sa voix chante comme les vagues. Il y a trop de bruit dans le magasin pour distinguer le son de l'eau mais je l'achète quand même. Je me hâte de payer avant que ma mère sorte de la cabine d'essayage. Tout mon argent de poche y passe. Je l'offre à ma mère. Elle le trouve joli. Elle dit qu'elle le mettra sur sa table de chevet.* «Tu ne boites plus, on dirait. On enlèvera le bandage une fois à la maison. Il faut être prudente avec tous ces petits cailloux dans le sable.» *Je la remercie en silence. J'ai bien réfléchi cet après-midi et je ne veux vraiment plus apprendre à nager. Je n'en vois pas l'utilité.*

De retour sur la plage, ma mère m'aide à construire un château. Ma sœur et mon frère sont revenus du parc. C'est à peine s'ils jettent un coup d'œil à notre travail avant de retourner à l'eau. Nos jeux d'enfants ne les intéressent pas. Ma mère et moi sommes absorbées par notre tâche. Le sable s'infiltre sous les coutures et les bretelles de mon maillot et me chauffe la peau. Je suis en train d'attraper un coup de soleil mais je ne veux pas m'arrêter. Avec ma mère, je ne m'ennuie jamais. Vers la fin de l'après-midi, notre château est terminé. Nous l'avons entouré de maisonnettes, d'un pont et d'un moulin à vent sans ailes. La marée commence à monter et lèche les murs de notre forteresse. Quelques minutes encore et le village sera complètement recouvert.

Avec son Polaroid, mon père prend des photos de maman et moi devant notre ouvrage. Ma mère sourit. Ce sont les plus belles vacances de ma vie.

Le toit de cuivre

J'ai commencé à être vieille à quarante-quatre ans. Cela n'a pas paru tout de suite. Je n'ai pas eu, comme ça, un beau matin, le cou chiffonné et les mains couvertes de taches brunes. Un mouvement graduel m'a déchirée de l'intérieur. C'est ainsi que ça a commencé.

L'idée s'est imposée à moi au cours de l'une de ces interminables traversées de la banlieue vers la ville, en route vers le bureau. Je me voyais, assise sur le toit de tuiles d'une maison, un champ de blé à ma gauche, un verger à ma droite. La maison n'avait qu'un étage. Elle était accueillante, avec des vignes solides qui s'accrochaient à ses murs de briques roses. J'imaginais l'intérieur frais. Il n'y avait pas de rideaux aux fenêtres ; seuls des volets de bois, couleur sauge, filtraient la lumière du jour. C'était l'automne, ma saison préférée. Les pommiers étaient lourds. Des échelles s'appuyaient aux arbres. Des enfants tournaient autour en criant, excités de pouvoir enfin cueillir les fruits. Les fermiers faisaient les foins. J'étais loin des vertiges de la ville. Je n'avais plus besoin de bouger pour avoir la sensation d'être en vie. L'horizon s'étalait devant moi. Le temps n'existait pas. Je ne me sentais plus déchirée par les dilemmes insolubles qui m'empoisonnaient l'existence. Je rêvassais en écoutant le bruissement du vent dans les feuilles. Des promeneurs passaient sur le trottoir. Ils soulevaient leur chapeau en m'apercevant, tout naturellement. La vie était douce.

C'était clair, je rêvais d'être ailleurs. J'étouffais entre les quatre murs de ma vie. Je ne savais plus ce que je voulais, j'ignorais ce qui pouvait me rendre heureuse. J'échafaudais des projets qui n'aboutissaient pas. Je m'épuisais à force de chercher un semblant de bien-être. J'avais envie de tout raser. De mettre le feu et de me sauver.

Malgré cela, j'avais de la difficulté à me représenter dans un autre lieu. Je ne savais par où commencer pour changer les choses. Pas d'énergie pour déplacer la montagne qui se dressait devant moi. J'étais constamment fatiguée, moi qui avais toujours été entreprenante. J'étais devenue cynique, et tout, autour de moi, justifiait cette attitude.

Pourtant, en une semaine, tout fut décidé.

J'ai commencé par faire le ménage de la maison, pièce par pièce. J'allais dans les moindres recoins, j'ouvrais les armoires et les tiroirs, je jetais les vêtements usés que je ne portais plus depuis longtemps. J'avais besoin de nettoyer, de dégager l'espace autour de moi. Dans une boîte, j'ai lancé les objets qui encombraient les lieux : des assiettes rapportées d'Espagne, des figurines de Rome, des cadres en bois du Maine. Je respirais déjà mieux. J'ai frotté les murs et les fenêtres, aéré les rideaux au grand vent. Astiqué les meubles, sans m'arrêter, jusqu'à ce que la maison soit étincelante. J'ai mis fin aux abonnements, coupé les cartes de crédit. J'ai transféré mon courrier vers une boîte postale. Un déplacement temporaire, ai-je annoncé au maître de poste qui s'en fichait. Puis, je suis allée marcher au bord du Richelieu. Je me suis assise sur une roche plate. Les choses pouvaient à nouveau changer. Elles avaient déjà commencé à le faire. Je retrouvais mon énergie et mon courage. Le courant fougueux de la rivière emportait mes idées noires. C'était bon.

Le lundi suivant, j'ai rencontré mes deux associées, Anne et Julie. L'entretien a débuté sur un ton amical. Je me sentais bien disposée à leur égard et j'avais envie que les choses se règlent rapidement. Nous nous sommes assises autour de la table dans mon bureau, un café à la main. Je leur ai annoncé que je souhaitais vendre mes parts de la boîte de design intérieur que nous avions fondée toutes les trois à notre sortie de l'école. Elles n'ont pas semblé surprises par la nouvelle. Elles ont protesté un peu, pour la forme ; je les sentais soulagées, mais elles n'auraient jamais osé l'admettre. Ma présence devait leur peser. Plus j'essayais de leur expliquer ma décision, plus leur indifférence m'énervait. Elles restaient impassibles. Nous avions pourtant été les meilleures amies du monde. J'ai dit que je ne me sentais plus à l'aise avec la direction que prenait notre pratique. Julie a sourcillé, m'a demandé à quoi je faisais référence. J'ai parlé des clientes qui négociaient à la baisse, mettaient en doute notre expertise, s'accaparaient nos idées pour les réaliser elles-mêmes. Nous aurions dû être plus vigilantes. Elle m'a répondu que je n'avais pas su m'adapter aux besoins de la clientèle. J'avais l'impression d'entendre Jacques, avec ses reproches voilés. Lorsque Anne a fait allusion aux clients qui se plaignaient de moi, je me suis mise en colère. Je n'accepterais pas de me faire dicter ma conduite par des gens sans imagination qui se contentaient de reproduire chez eux des idées puisées dans des magazines luxueux. Si elles voulaient faire de la copie, ça les regardait. Elles me jaugeaient avec un petit sourire en coin. Pauvre Gabrielle, toujours aussi énervée. Ce fut encore pire. Je les ai accusées d'être des éteignoirs, d'avoir étouffé leur passion pour faire de l'argent, d'avoir trahi notre rêve de créer de la beauté autour de nous. Je sentais qu'elles se retenaient pour ne pas envenimer la discussion. Anne a dit que Jacques avait bien raison, je ne savais pas ce que je voulais. J'étais devenue impossible à vivre. Je les ai regardées, interloquée. Depuis quand parlaient-elles à Jacques ? Je suis sortie en claquant la porte. Le soir, je leur ai écrit un courriel pour m'excuser d'avoir été aussi désagréable. Je vivais une période stressante, la décision de les quitter s'avérait difficile. Elles avaient raison, j'étais devenue insupportable. Je m'en voulais d'être si hypocrite, mais comme je désirais qu'elles achètent mes parts, je devais faire amende honorable.

Au bout de quelques jours, tous mes dossiers avaient été transférés. Nous étions passées chez le notaire et à la banque. J'avais entre les mains une jolie somme qui me permettrait de vivre confortablement pendant au moins deux ans, davantage si je faisais attention. Anne a suggéré qu'on aille dîner toutes les trois pour souligner l'événement. J'ai décliné l'invitation sans donner de raison et je suis partie.

De retour à la maison, j'ai rédigé deux lettres : une première pour mon mari — il la trouverait à son retour de voyage — et une seconde pour mes parents. J'aurais aimé leur dire que je m'affranchissais, que j'étais devenue une adulte qui allait vivre sa vie pleinement. Profiter de chaque moment au lieu de toujours vivre dans la crainte d'une catastrophe. J'en fus incapable. Ils n'auraient vu qu'une critique là où je touchais à l'essentiel. Cela m'a pris beaucoup de temps pour composer cette lettre. J'écrivais une ligne, je la biffais. Les boulettes de papier s'accumulaient dans ma corbeille. Je leur ai finalement écrit de ne pas s'inquiéter de mon départ. J'avais besoin d'espace. Je donnerais des nouvelles aussitôt installée.

J'ai ensuite envoyé un courriel aux amis et connaissances en masquant les adresses. Le même message à tous. C'était sans doute impoli, mais je n'avais pas le goût d'envoyer des notes personnalisées. Pas le goût de répondre non plus. « On devrait se voir. » J'ai regretté presque aussitôt ces messages, mais il était trop tard pour les rappeler. J'ai enfin passé quelques coups de fil à des proches, il n'y en avait plus beaucoup. À certains, j'ai tenté d'expliquer mon état d'esprit. Ils m'ont suggéré de me reposer, de consulter. « Un peu de fatigue, c'est tout. Ça va passer. » Les conversations sont demeurées superficielles. Il y a des choses qui ne se partagent pas, même avec des amis.

Pour finir, j'ai appelé Mathieu, le fils de Jacques. Il n'avait jamais vécu avec nous mais n'avait que trois ans lorsque j'ai rencontré son père. Il venait à la maison un week-end sur deux. C'est moi qui m'en occupais. Nous allions jouer au parc ou nous balader à vélo. Il s'endormait dans son siège et sa petite tête heurtait mollement mon dos. Nous écoutions *Passe-Partout* ensemble, et je me surprenais parfois à chanter les comptines, seule dans ma voiture ou au bureau. Après le bain, je le couvrais de poudre pendant qu'il sautait sur notre lit en poussant des cris. Il avait parfois de grands éclats de rire qui me faisaient craquer. À l'heure du coucher, on s'emmitouflait dans une couverture moelleuse et je lui racontais des histoires. Souvent, je retrouvais sur moi l'odeur de son petit corps aussi puissamment que s'il avait été à mes côtés. Nous étions seuls au monde. C'était le petit garçon que je n'avais pas eu et qui aurait peut-être donné un sens à ma vie. J'avais le cœur brisé quand nous allions le reconduire chez sa mère. En revenant à la maison, je serrais sa doudou contre moi. Je n'en avais jamais parlé à Jacques, qui me trouvait trop émotive avec Mathieu. Il ne s'était jamais intéressé aux enfants. Il ne s'intéressait pas aux autres, de toute façon.

Quelques jours avant mon départ, nous sommes allés dîner, Mathieu et moi. Il m'a trouvé l'air reposé. Chloé et lui venaient de faire connaissance, ils ne s'étaient pas lâchés depuis une semaine. Je l'observais. Il avait de beaux yeux pers, une fine cicatrice entre les sourcils et, au bout du nez, un grain de beauté que j'aimais embrasser. Je ne lui ai rien dit de mes intentions, je ne voulais pas déranger son bonheur. Il m'était plus difficile de le quitter, lui, que de laisser son père. À la fin du repas, je l'ai regardé partir, les yeux dans l'eau.

Vendredi après-midi, tout était terminé. Je me suis fait faire des mèches couleur de miel, et j'ai reçu un long et profond massage. Le soir, j'ai coupé des hydrangées du jardin, mis une jolie nappe blanche. Je me suis préparé une assiette de jambon de Parme avec du cheddar, des figues, une poire et des noix de Grenoble. Je trempais mon pain dans l'huile d'olive en dégustant un sauvignon blanc. Le vin était bon. J'ai vidé la bouteille en faisant le tour de la maison, une maison moderne que Jacques avait dessinée et que je n'avais jamais aimée. Elle avait été la source de nombreuses disputes entre lui et moi. Il disait qu'il n'aimait pas mon style de design. J'en étais restée abasourdie. Je n'avais jamais digéré l'insulte. Je l'avais en retour accusé d'être un architecte sans âme. J'avais fini par céder, épuisée par les querelles et accablée par le doute. Il avait décidé du moindre détail : matériaux, couleurs, meubles, tout se déclinait en gris. Sauf mon bureau, dans lequel j'avais installé une moquette rouge et des meubles blancs, sans doute pour le provoquer. La lumière entrait à flots. J'avais fixé au mur une immense toile représentant un paysage des îles de la Madeleine : une toute petite maison rouge au milieu d'un champ vert-jaune surplombé d'un ciel bleu qui occupait les deux tiers du canevas. Jacques l'avait en horreur. J'avais l'impression de vivre dans un bunker qui représentait ce que j'étais devenue : une coquille vide et ennuyeuse.

Comme à son habitude, mon mari a téléphoné pour me souhaiter une bonne nuit. Il m'a trouvée de bien belle humeur, j'étais chaleureuse, sans être tendre ; j'avais le sentiment de parler à un ami d'enfance, dont on s'informe sans vraiment s'intéresser à ce qu'il dit.

La fenêtre était restée ouverte. La chambre était fraîche. Jacques fermait toujours les fenêtres dès la fin août. Je me suis mise au lit en ayant hâte au lendemain matin, comme si je partais pour un très long voyage. Ce sentiment me remplissait de joie. L'air sentait le gazon mouillé. Les grillons avaient cessé de chanter. J'étais détendue et j'ai dormi profondément. Les oiseaux m'ont réveillée à cinq heures trente. J'ai bu mon café sur la terrasse en lisant le journal. Rien ne pressait.

Je n'ai conservé que ce que pouvait contenir ma valise. Le reste a pris la direction de l'Armée du Salut ou des ordures. Dans un sac en toile, j'ai rassemblé mes vêtements d'hiver, juste au cas.

J'ai choisi trois livres dans ma bibliothèque. L'auto-biographie de Gabrielle Roy, des nouvelles d'Alice Munro et *Une divine plaisanterie* de Margaret Laurence. J'ai glissé lentement mon doigt sur la tranche des autres titres. Puis j'ai tiré un recueil de textes de Nancy Huston, *Âmes et corps*, et l'essai de Suzanne Jacob, *Histoires de s'entendre* — j'avais enfin classé mes livres par ordre alphabétique. J'ai hésité un moment, je les ai feuilletés en relisant les passages surlignés. « Dire une chose, une seule… mais en profondeur », suggérait Nancy Huston. Dans la marge, j'avais annoté : « Les mots des autres entravent les miens depuis trop longtemps. Il est temps que je retrouve la parole. » Qu'est-ce que j'avais tant à dire ? Un bref moment de découragement m'a saisie. La vérité, c'est que j'avais laissé la parole aux autres parce que ça m'arrangeait. J'ai longtemps cru que ce que je disais n'avait aucune importance. J'ai déposé les livres sur la table, me suis appuyée contre le rebord de la fenêtre. Le soleil me chauffait le visage. J'observais le chat du voisin couché dans la plate-bande. Il se léchait les pattes, sans attente ni hâte. La torpeur m'engourdissait. À quoi bon désirer autre chose ? Cette quête incessante me rend malheureuse. Il est trop tard pour moi. La sonnerie du téléphone m'a fait sursauter. J'ai attrapé les livres, ramassé mon appareil photo, mon ordinateur et mon iPod et je suis sortie précipitamment. Sans répondre. J'ai chargé l'auto, recouvert la toile d'une grande couverture et l'ai mise sur la banquette arrière, puis j'ai arrosé les fleurs pour leur donner un sursis. J'ai fait le tour de la maison, par habitude. Déposé les clés sur la table de la cuisine, à côté de la lettre. Puis j'ai activé le système d'alarme, pour la dernière fois.

J'ai démarré la voiture et me suis éloignée sans un regard pour la maison. Droit devant. J'ai traversé le pont et roulé vers le nord. Puis j'ai bifurqué à l'est. Traversé la ville dans le trafic étouffant du vendredi après-midi, sans impatience ni juron. *Total Eclipse of the Heart* de Bonnie Tyler jouait à la radio. À un carrefour, un chauffeur d'autobus m'a crié quelque chose.

Ne rien entendre. Ne rien sentir. J'ai monté le son.

J'ai poursuivi ma route vers l'est. Ça m'a saisie d'un coup. Je me suis mise à trembler. Ça partait du ventre et ça montait par secousses. J'ai cru que j'allais vomir. J'ai baissé la vitre. Un drôle de cri s'est étouffé dans ma gorge et j'ai éclaté en sanglots. Autour de moi, les conducteurs klaxonnaient. J'ai serré à droite et me suis faufilée dans le stationnement d'un Tim Hortons, loin des portes d'entrée et du service à l'auto. Des adolescents, entassés dans une Civic, se sont stationnés à quelques pieds de moi. C'est à peine s'ils m'ont vue. Le son de la basse faisait tanguer leur voiture. Je n'arrêtais pas de pleurer.

« Quelque chose ne va pas, madame ? »

Un jeune policier se tenait debout à côté de ma portière. Je ne l'avais pas vu arriver. Je n'ai pas répondu tout de suite. Il a fait le tour de la voiture en regardant à l'intérieur puis il est revenu vers moi.

« Un malaise, c'est tout. Ça va maintenant. Je vais pouvoir repartir. »

Il n'a rien dit sur mes yeux rougis et les mouchoirs chiffonnés sur le siège du passager. Il m'a seulement regardée sortir du stationnement.

À Québec, j'ai loué une chambre dans un petit hôtel de la rue Saint-Paul où j'étais déjà descendue. L'employé de la réception avait des écouteurs sur les oreilles. Il a complété la fiche d'inscription rapidement, sans me regarder, sans dire un mot. Je lui en étais reconnaissante. Il m'a donné la clé et je suis montée. Dans la chambre, j'ai laissé les rideaux ouverts, enlevé mes souliers et je me suis recroquevillée sur le lit, sans me déshabiller, un oreiller entre les genoux. Il était dix-neuf heures vingt.

À cette heure, Jacques était rentré de voyage et avait trouvé la lettre.

Lettre à un mari absent

Jacques,

Je suis partie. J'ai quitté la maison, le travail. J'imagine que je t'ai quitté aussi. Il n'y a pas d'autres manières de le dire. Tu ne seras pas content de l'apprendre de cette façon, toi qui n'aimes pas être pris au dépourvu, mais c'est la seule que j'ai trouvée. J'ai besoin de reprendre des forces, de retrouver ma vitalité loin de tout, loin de toi.

Ce que j'ai laissé dans la maison t'appartient, fais-en ce que tu veux. Si tu décides de vendre, ça te regarde. Je ne te demanderai rien. Inutile de chercher à me joindre.

Je suis très sereine.

Je te souhaite de trouver le bonheur.

Gabrielle

La rue sans nom

J'ai cherché longtemps avant de trouver la maison. J'habite Tignish. Anglo Tignish, plus précisément. Je loue une maisonnette bleu azur avec des cadrages et des volets blancs, au bout d'un chemin de terre qui ne porte pas de nom. Il n'y a pas d'adresse civique. Cela m'a tout de suite plu. C'est un garage transformé qui appartient au boucher du village et qui a été construit sur la terre de son frère, dont la maison est à plus de trois cents mètres. Le propriétaire, Paul Gaudet, vit à Tignish Shore, une petite communauté d'une vingtaine de familles, avec sa femme Dorothy. Ils ont l'air sympathiques. La jeune cinquantaine, pas d'enfants. Ils forment un couple plutôt désassorti. Lui est de taille moyenne, mince, avec les traits fins. Elle est grande, rousse, plutôt forte, avec un front large et intelligent.

J'ai versé à l'avance le loyer pour les trois premiers mois. Le montant est plus que raisonnable et l'endroit est parfait pour moi. Monsieur Gaudet ne m'a posé aucune question et a accepté l'argent comptant. Nous nous sommes serré la main. Il m'a tendu les clés, puis s'est éclipsé vers l'arrière-boutique. Sa femme me fait penser à ma sœur. De sa caisse, elle m'a observée avec attention. Quelque chose de triste dans son regard m'a fait hésiter, puis je me suis ravisée. Je ne lui ai rien dit. J'ai réglé mes achats et je suis sortie.

Les habitations s'alignent sur une seule rue, devant une longue promenade en bois qui longe la mer. Elles sont éloignées les unes des autres. Sans clôtures ni haies. Étonnamment, aucune maison n'a de vue sur la mer, sauf la mienne, qui possède une large vitrine. Deux grands pins jettent de l'ombre au milieu de mon terrain, jauni par le vent. Ils servent d'abris aux oiseaux. Des verges d'or et des immortelles, témoins d'une nature façonnée par la mer et qui refuse d'être domptée, poussent ici et là dans la terre rouge. L'intérieur est sobre et lumineux. Il y a une grande pièce au rez-de-chaussée, avec les murs peints en blanc, ainsi qu'une petite salle de bains. La chambre est située à l'étage. Un matelas moelleux, déposé sur une base en bois, occupe presque toute la mezzanine. Pour accéder à mon lit, je dois me pencher un peu pour éviter les poutres en saillie. Les meubles, la vaisselle, les draps et les serviettes, tout est blanc. Seules taches de couleur : quelques plantes vertes et, aux murs, des reproductions de paysages maritimes accrochées trop près du plafond. J'ai appuyé ma toile des îles de la Madeleine par terre contre l'un des murs du salon. Une odeur de lavande flotte dans l'air. Des voilages légers sont suspendus aux fenêtres et laissent entrer la lumière. J'ai l'impression de mieux respirer dans cette maison décontractée.

Une fois ma valise vidée et mes vêtements rangés dans les tiroirs de la commode, j'ai poussé la table en bois de la cuisine devant la grande baie vitrée du salon, et ouvert toutes les fenêtres. Le sel se mêlait à la lavande. En moins d'une heure, tout était installé. Pour mon premier repas, j'ai préparé une omelette aux champignons et l'ai mangée en regardant l'horizon, étourdie par tant d'espace.

Il m'a tout de même fallu du temps pour m'acclimater à mon nouvel environnement. La ville me manquait. L'espace et la solitude m'affolaient. Je ne cherchais pas à me lier aux gens, je n'avais aucun projet précis autre que celui d'écrire, mais j'étais toujours pressée de sortir du lit. J'ouvrais la radio, j'allais me promener au bord de la mer, je marchais rapidement, la tête baissée, mon iPod sur les oreilles. Je dressais toutes sortes de listes pour m'occuper l'esprit. J'achetais les magazines disponibles en kiosque. Je cornais les pages pour me rappeler de me procurer une crème pour les pieds ou un livre récemment publié. Je commençais une chose et je l'abandonnais aussitôt. Je me sentais boulimique. Mon esprit cavalait dans toutes les directions, sans s'arrêter. Les restaurants, les cinémas, les marchés publics me manquaient, et le silence était assourdissant. La peur d'avoir commis une erreur m'angoissait. J'avais essayé tant de choses pour trouver le bonheur. Je vivais enfin la vie que j'avais imaginée, me levant à l'heure que je voulais, sans contraintes ni obligations, et pourtant, je ne me sentais pas plus heureuse. J'avais faim de quelque chose de grand, d'excitant, et j'étais venue me réfugier dans un bled perdu au bout du pays. Mon vertige était plus fort qu'avant. Comment les gens d'ici occupaient-ils leurs soirées et leurs fins de semaine ? De quoi parlaient-ils ? Comment pouvait-on se satisfaire d'une vie si routinière, sans autres ambitions que d'envoyer ses enfants à l'école et de payer ses comptes à la fin du mois ?

Un matin, je suis sortie courir, l'estomac au bord des lèvres. Mon déjeuner ne passait pas. J'ai chaussé mes espadrilles malgré tout. Je ressentais un élancement de la hanche au genou comme si, à chaque enjambée, quelqu'un s'amusait à pincer le nerf qui les reliait. Je courais trop vite. J'ai ralenti pour faire quelques pas et m'étirer. La douleur s'est estompée. J'ai repris ma course et j'ai trouvé un second souffle. Je me suis dirigée vers le promontoire. Cent vingt-trois marches vers un point de vue magnifique sur la côte. J'y étais déjà montée. J'ai accéléré légèrement.

En trébuchant sur une marche, je suis tombée sur le genou. Il était éraflé. Je me suis relevée en regardant autour pour voir si quelqu'un m'avait vue. Pur orgueil. J'ai monté quelques marches encore et j'ai ressenti une douleur si aiguë à la rotule que j'ai dû m'asseoir. J'étais à mi-chemin de la montée, effondrée. Je n'avais aucune idée de ce qu'il fallait faire pour transformer mon existence, et maintenant mon corps me lâchait. Quel gâchis.

La seule chose à faire était de rentrer à la maison, de prendre une douche, de tenter de me calmer. L'idée d'une sieste me donnait un peu de courage. Tout à coup, un intense serrement à la poitrine m'a pliée en deux. Malgré mes respirations, la douleur s'est amplifiée. Elle a irradié jusqu'à mon bras gauche. Cela ne pouvait pas être une crise cardiaque ! Je me suis accrochée au garde-corps. J'ai recommencé à descendre les marches une à une comme une petite vieille. La sueur perlait sur mon front. La bile m'emplissait la bouche. Je me suis penchée par-dessus la balustrade et j'ai rendu tout mon déjeuner. Mon corps était secoué de frissons. J'avais mal aux côtes. Je suis restée ainsi un long moment, cramponnée à la rambarde pour laisser passer l'agitation de mon estomac. Quand ça a été fini, j'ai recommencé à descendre. Ma poitrine s'est à nouveau contractée.

Une petite fille se balançait dans le parc au bas des marches. J'ai voulu lui crier d'aller chercher de l'aide. Ma voix chancelante m'a déroutée. La fillette est restée sans bouger. J'ai fait un nouvel effort et j'ai crié en anglais, cette fois. Elle a filé en direction des maisons, apeurée. J'étais désespérée. Je me suis assise lourdement. Il n'y avait plus personne autour de moi. Au bout de quelques minutes, la petite est revenue avec sa mère. J'ai essayé d'expliquer à la femme que j'avais sans doute fait une indigestion. Si elle pouvait me donner un verre d'eau et me permettre de me reposer quelques minutes, je pourrais repartir vers la maison ensuite. Elle a appuyé sa main fraîche sur mon front et froncé les sourcils. *You look like you've seen a ghost. You need to see a doctor.* J'ai protesté un peu, mais la femme était robuste. Elle m'a prise par la taille et presque soulevée de terre en m'emmenant vers sa voiture. Je me suis couchée sur la banquette arrière. La petite ne m'a pas quittée des yeux. La femme ne parlait pas et conduisait vite. Elle s'est arrêtée à la clinique d'Alberton, à quinze kilomètres de là.

Il n'y avait aucun patient dans la salle d'attente et la jeune réceptionniste, dont nous interrompions la conversation téléphonique, m'a tout de suite fait passer dans la pièce d'à côté. Une infirmière a pris ma tension et ma température. Le médecin, un grand type costaud avec des cheveux noir corbeau et des yeux verts, est entré. Il m'a aidée à monter sur la table d'examen. Il m'a posé les questions d'usage en me regardant attentivement. J'ai décelé un accent français. Il était peut-être Algérien. La nausée avait repris de plus belle. Il m'a injecté un antiacide qui a aussitôt atténué le mal. Il m'a demandé si je ressentais d'autres douleurs et j'ai éclaté en sanglots comme une fillette. J'étais incapable de m'arrêter. Une longue plainte accompagnée de spasmes s'échappait de mon ventre. Il m'a accompagnée jusqu'à son bureau et je me suis recroquevillée dans le fauteuil devant lui. Il a plongé son regard dans le mien en poussant une boîte de mouchoirs vers moi. Au bout d'un moment, j'ai arrêté de pleurer et j'ai pu lui expliquer ce que j'étais venue faire ici. Il parlait peu. M'observait. Je ne me sentais pas jugée. J'avais l'impression de me délester d'un poids énorme. J'ai dû passer une bonne demi-heure dans son bureau. En sortant, j'étais plus calme, la crise d'anxiété était passée. La fillette et sa mère m'attendaient dans la salle.

Dans les jours qui ont suivi cet incident, la tension qui habitait mon corps et mon esprit s'est évanouie. Je crois que j'ai eu tellement peur que je ne pense plus ni au passé ni au futur. Mon rythme s'ajuste à celui de l'île. Je suis moins anxieuse de savoir comment je vais occuper mon temps. J'ai arrêté de courir et je marche tous les matins, sans mon iPod. À marée basse, je peux me rendre très loin. Je vais souvent du côté de North Cape pour observer les oiseaux. J'appuie mon dos au rocher. Le vent m'étreint, je somnole, je lis, je réfléchis. Des images traversent furtivement mon esprit. Je ne les retiens pas.

Je croise des retraités qui promènent leurs chiens. Ils me demandent comment je vais, s'informent discrètement de ma santé. Ils ne cherchent pas à savoir ce qui m'est arrivé. Ils acceptent ma présence sur l'Île. J'ai décidé d'en faire autant. Puis je rends visite à mes nouvelles amies, Betty et la petite Jen, qui m'ont sauvé la vie. Betty dit que j'exagère. Ce n'était qu'une indigestion. Nous buvons du thé vert pendant qu'elle me raconte les histoires des gens du village.

Aujourd'hui, je me suis acheté un vélo usagé à la coop. Le garagiste a gonflé les pneus et m'a dit qu'il avait bien besoin d'une mise au point. Il a graissé les roues et le mécanisme comme il l'aurait fait pour sa propre voiture. Avec la même application. Je ne me souviens pas d'avoir eu un vélo en aussi bonne condition. Je l'utilise pour faire mes courses. J'ai l'impression d'avoir douze ans, l'été de ma première bicyclette neuve, une bicyclette juste pour moi. Elle était orange. Ma grand-mère m'avait photographiée pendant que je roulais en la regardant et j'avais heurté le bord du trottoir. Je m'étais arraché l'ongle du gros orteil. Ma grand-mère avait nettoyé la blessure, j'avais dû remiser ma bicyclette quelques jours. Je n'ai plus jamais pédalé en babouches.

Après-demain, j'attaque le sentier de la Confédération. Deux cent soixante-dix kilomètres de gravier.

Une visite de politesse

J'ai invité la femme du boucher à venir prendre le café à la maison. Je l'ai fait par politesse, je ne croyais pas qu'elle viendrait. Le lendemain, en fin d'après-midi, elle a pourtant cogné à ma porte. Dorothy avait remonté ses cheveux roux, des boucles adoucissaient son visage. Elle portait une robe avec de larges fleurs rouges et roses qui lui allait à ravir. Elle est restée sur le pas de la porte en me demandant si sa visite me bâdrait. L'expression m'a fait sourire. Elle m'a offert un somptueux bouquet de glaïeuls blancs cueillis dans son jardin. Les seules fleurs qui poussent malgré le vent salin, a-t-elle précisé. Ses mains sont fines et transparentes. Elle porte un bracelet tennis en or, mais pas d'alliance.

Nous avons pris le café dehors, confortablement installées sur les chaises Adirondack, des plaids sur les jambes au cas où le vent se lèverait. Nous avons peu parlé. Après le café, elle est restée assise, aucunement pressée de s'en aller. Sa présence m'apaisait. Comme si nous nous étions toujours connues. La conversation était facile et je songeais à toutes ces personnes, à Montréal, avec qui la communication ne passait plus ; aux phrases interprétées, analysées, décortiquées. Aux susceptibilités, aux ego qui se sentent menacés. Il y avait longtemps que je n'avais pas eu une conversation comme celle-là, simple, sans arrière-pensée. Après le café, nous avons siroté un verre de vin en regardant la marée se retirer.

Elle a commencé à se raconter, doucement. Elle vit sur l'Île depuis trente ans. Elle a rencontré Paul à Moncton, aux noces de sa cousine. Il l'a intriguée. Il était bien mis, sentait bon et avait les ongles impeccables, contrairement à ses frères mécaniciens. Entre les danses, ils avaient discuté de banalités avec une ardeur qui avait étonné Dorothy. Elle ne se savait pas si passionnée. Elle s'était tout de suite sentie à l'aise en sa compagnie, au point d'en oublier les recommandations de sa mère. *Méfie-toi des hommes ma fille. Y'enque des ingrats. Ne te jette surtout pas au cou du premier venu.* Ils avaient marché dans la ville jusqu'aux petites heures du matin. Paul avait pris la main de Dorothy naturellement, tout en continuant à parler de ses projets. Elle était émue. Un sentiment de sécurité l'avait submergée lorsque Paul l'avait embrassée sur la bouche. Il goûtait le caramel. Une chaleur était montée le long de son dos. Leur rencontre n'avait pas été un coup de foudre ; elle avait plutôt eu l'impression de retrouver une vieille connaissance, et avait reconnu en Paul un compagnon agréable et digne de confiance.

Elle lui avait écrit plusieurs lettres dans lesquelles elle racontait ses journées, lui donnait des nouvelles de la famille. Les réponses de Paul l'avaient bouleversée. Il lui livrait ses pensées les plus intimes, lui confiait ses peurs. Il se montrait vulnérable et Dorothy s'attachait de plus en plus à lui. Elle n'avait jamais connu d'hommes aussi délicats. Elle imaginait leur vie dans une jolie maison au bord de la mer. Ils seraient heureux. Ils auraient deux ou trois enfants, avec de grands yeux bruns, presque noirs. Ses filles auraient de beaux cheveux longs, des tignasses épaisses. Elle les brosserait tous les soirs avant de les mettre lit. Ceux des garçons seraient courts et bien taillés. Ses enfants seraient sa fierté et son bonheur.

L'été suivant, Paul était revenu travailler à Moncton. Il avait revu Dorothy dès son arrivée. Tous les samedis, il l'amenait danser à l'hôtel et le dimanche, il soupait à la maison avec la famille. Le père et les frères étaient plutôt indifférents à Paul, qui leur préférait la présence de Dorothy et de sa mère. Les trois traînaient autour d'un café après le repas en mangeant les After Eight que Paul apportait. Un dimanche après-midi, Paul arriva plus tôt que d'habitude. Il demanda à parler au père de Dorothy qui somnolait dans un fauteuil, son journal sur les genoux. Paul dut attendre de longues minutes avant que le père ne remarque sa présence. Quand finalement il se réveilla en maugréant, Paul surmonta sa timidité et lui demanda la main de Dorothy. Le souper, ce dimanche-là, ne fut pas plus exceptionnel que les autres, malgré l'annonce du mariage et les efforts de la mère de Dorothy pour rendre le repas plus gai. Elle espérait en silence que quelqu'un porte un toast aux nouveaux fiancés, mais tous évitaient la moindre allusion aux noces à venir. Même Dorothy n'avait pu exprimer à Paul ce qu'elle ressentait ce soir-là. Les mots n'étaient pas venus lorsqu'ils s'étaient enlacés tendrement pour se souhaiter une bonne nuit. Elle s'en était voulu longtemps. Après le départ de Paul, Dorothy était montée se coucher, déçue et triste de cette soirée ratée. Elle avait imaginé des fiançailles plus joyeuses. Était-ce de mauvais augure ? Sa mère était entrée dans sa chambre. Elle tenait deux verres et la bouteille de brandy qu'elle réservait pour les grandes occasions. « À la nouvelle fiancée ! », avait-elle dit, en levant son verre. Elles avaient bu en silence. Puis elle lui avait donné une petite boîte contenant un anneau d'or ciselé. C'était la bague de fiançailles qu'elle avait reçue de sa propre mère, la grand-mère de Dorothy. Elle serra sa fille dans ses bras avant de quitter la pièce précipitamment, pour lui cacher ses larmes.

Après avoir fait sa grande demande, Paul s'était refermé de plus en plus. Elle ne s'en était pas aperçue tout de suite. Il devenait distant et venait moins souvent à la maison les dimanches soirs. Il travaillait un week-end sur deux : cet argent devait servir à la construction de leur maison à Tignish. La ferveur du début n'y était plus. Dorothy s'en inquiétait, mais n'en parlait à personne. Pas même à sa meilleure amie, Emily, trop catégorique et qui ne s'embêtait pas avec ces considérations romantiques. Au travail, elle passait des heures à rêvasser, à s'inventer une vie merveilleuse à l'Île-du-Prince-Édouard. Mais quelque chose la chicotait, elle ne savait pas quoi. Elle imaginait une cuisine ensoleillée, peinte en jaune. Par la fenêtre, elle voyait sa marmaille jouer dans le jardin. L'odeur des rôtis se mêlait à celle des légumes. Des tartes appétissantes refroidissaient sur la table de bois. Paul était affectueux. Il jouait avec les enfants pendant qu'elle terminait le repas. Ils leur donnaient ensemble le bain, les mettaient au lit. Puis ils se retrouvaient au salon et se racontaient leur journée. Elle était contente. C'était la vie dont elle rêvait. Pourquoi en irait-il autrement puisque c'était ce qu'elle voulait ? Elle rangeait son pupitre et quittait le travail. Seize heures trente pilem.

Elle chassait ses inquiétudes en s'absorbant dans les préparatifs du mariage. Sa mère l'aidait dans tout : les plans de table, la robe, le pâtissier, le restaurant. Le mariage de Paul et Dorothy fut célébré le 30 août. Ils ne sont pas allés en voyage de noces, Paul n'avait pas assez d'économies. Après la cérémonie, ils sont rentrés à Tignish. Le retour fut silencieux.

Paul avait repris la boucherie de son père. Dorothy s'occupait de la comptabilité. Son nouveau mari était casanier. Le commerce l'accaparait toute la journée, et le soir, il se plantait devant le téléviseur en buvant de la bière. Dorothy faisait des efforts, rentrait tôt, se parfumait, cuisinait des repas élaborés qu'il engloutissait en quelques minutes sans dire un mot. Elle finissait par se retrouver seule à table, et ne terminait jamais son assiette. À part la famille de Paul, le jeune couple ne fréquentait personne. Dorothy s'était liée d'amitié avec quelques clients du magasin, mais devait refuser les invitations parce que Paul ne voulait pas sortir. Elle avait fini par prendre ses distances. C'était mieux ainsi.

Une année, sa grande amie Emily était venue la voir pendant les vacances d'été. Emily était une fille directe, qui n'avait pas froid aux yeux. Dorothy avait toujours admiré son franc-parler. Mais elles s'étaient querellées pendant son séjour à Tignish : Emily n'aimait pas beaucoup Paul, elle le trouvait farouche et maniéré. Elle faisait exprès de le contredire dès qu'il ouvrait la bouche, et Paul, qui n'élevait jamais la voix, sortait chaque fois de ses gonds. Dorothy se sentait coincée, obligée de choisir entre son mari et son amie, et cela la rendait furieuse. Elle leur en voulait de la prendre ainsi à témoin de leurs disputes, mais se contenait. Elle gardait pour elle son animosité et sa colère, troublée de ressentir autant d'hostilité à l'égard de son nouveau mari. Le départ d'Emily la soulagea, et elle coupa ensuite les ponts avec sa seule véritable amie.

De nouveau seuls, Paul et Dorothy avaient fait l'amour sans grande conviction. Elle avait tenté de le retenir plus longtemps au lit. Il s'était rhabillé et avait pris le chemin de la boucherie. Dorothy s'était sentie déçue, mais avait aussitôt repoussé sa contrariété. Elle avait passé l'après-midi à cuisiner, s'était fait les ongles en lisant une revue. Emily avait été trop dure avec Paul et il reportait sa colère sur elle, c'était normal. Tout rentrerait dans l'ordre après un bon repas, croyait-elle. Elle se servit une deuxième vodka jus d'orange en jetant un coup d'œil à l'horloge de la cuisine. Il n'était que quatorze heures.

Au souper, entre deux bouchées, Paul lui avait dit qu'il ne voulait pas d'enfants. Elle avait ri, s'était approchée pour l'embrasser dans le cou. Il s'était dégagé brusquement. Dorothy s'était raidie. Il avait répété qu'il ne désirait pas d'enfants et que si cela ne faisait pas son affaire, elle n'avait qu'à s'en aller. La brutalité de son commentaire l'avait bouleversée. Les yeux de Paul n'avaient jamais été aussi durs. C'était définitif, il ne reviendrait pas sur sa décision. Elle n'avait rien dit et avait débarrassé la table. Son espoir de bâtir une famille s'était évanoui ce soir-là. Elle était coincée dans un mariage qui ne menait nulle part. Emily avait raison. Paul n'avait jamais voulu les mêmes choses qu'elle. Elle l'avait senti dès le début, mais n'y avait pas accordé d'importance. Elle avait cru qu'elle pourrait le changer. Maintenant, elle était mariée à un homme qui ne l'aimait pas véritablement. Et c'était réciproque, d'ailleurs. Le véritable amour s'était bien moqué d'eux.

Elle avait appelé sa mère, mais s'était sentie incapable de lui raconter ce qui venait de se passer. Celle-ci aurait essayé de la convaincre que c'était normal, qu'elle devait faire preuve de patience avec son mari. Dorothy se sentait accablée et seule. Discuter de ses problèmes matrimoniaux avec sa mère ne donnerait rien. Après tout, elle aussi était aux prises avec un mariage raté et n'avait jamais essayé d'en sortir. Elle lui avait donné des nouvelles de son frère cadet qui fréquentait la petite Robichaud, dont le père était boss à la *factrie* de poissons. Une gentille fille, pas très dégourdie, mais qui ferait un bon parti pour son frère. Dorothy avait écouté distraitement, et avait fini par raccrocher en prétextant une migraine. Elle était montée se réfugier dans sa pièce de couture. Paul n'y venait jamais. Ce mariage était un échec, elle le savait. Elle allait devoir vivre avec cela toute sa vie.

Ça aurait pu être pire : elle avait une maison confortable et ne manquait de rien. Elle n'avait plus jamais abordé la question des enfants. Au lit, maintenant, Paul lui tournait le dos. Elle s'en était accommodée. Mais au fond d'elle-même, elle se sentait humiliée. Elle lui en voulait, le haïssait et se sentait coupable de ses sentiments. Elle ne pouvait pas le quitter et tout recommencer. Où irait-elle ? Le Nouveau-Brunswick l'avait oubliée.

Il y a deux ans, elle avait reçu une lettre d'Emily à qui elle n'avait plus reparlé depuis leur dispute au début de son mariage. En voyant le nom sur l'enveloppe, Dorothy avait senti naître un mince espoir de réconciliation. Emily l'informait qu'elle avait convolé en justes noces pour la troisième fois. Dorothy n'était pas étonnée, son amie avait toujours aimé les garçons. Après avoir voyagé et travaillé aux États-Unis, elle et son mari habitaient maintenant Charlottetown.

Elle aurait aimé recevoir des nouvelles de Dorothy. Au bas de la lettre, il y avait un post-scriptum : Emily avait croisé Paul en voyage d'affaires dans la capitale. Il dînait au restaurant en compagnie de son neveu. Il n'avait pas changé. Toujours aussi peu bavard.

Lorsque Paul était revenu du magasin, ce soir-là, il avait trouvé la lettre à côté de son assiette. Qui était ce neveu ? Il n'avait pas cherché à lui cacher quoi que ce soit. Il semblait même soulagé d'être passé aux aveux. Une fois cela fait, avec le temps, leur relation de couple était devenue plus cordiale. Ils avaient convenu de sauver les apparences. Paul ne la boudait plus et Dorothy ressentait de moins en moins d'hostilité à son égard. Elle avait accepté sa vie et comprenait que Paul n'avait pu faire autrement. Tignish était un milieu trop fermé. Tout le monde se connaissait. Elle n'avait finalement jamais répondu à la lettre d'Emily, et n'en reçut pas d'autre.

Dorothy m'a fait ces confidences sans me regarder, mais d'une voix assurée. Ces choses devaient être dites depuis longtemps et le moment était venu. Ensuite, elle a terminé son verre de vin et s'est levée. Elle s'est excusée d'avoir ainsi prolongé sa visite. Je l'ai regardée monter dans sa voiture et partir dans la brunante.

L'amie

J'sais pas ce qui m'a pris de lui raconter ma vie comme ça, mais c'est un peu tard pour avoir des regrets. J'pensais pas qu'une femme comme elle, éduquée et tout, puisse s'intéresser à moi. J'ai été surprise de son invitation, j'ai pas osé dire non. Je regrette pas. Mon histoire a pas eu l'air de trop l'ennuyer. Enfin, je crois. J'ai tout déballé d'un trait. Le vin me fait parler, qu'est-ce tu veux ! Et puis la mer était belle. Il faisait beau. En tout cas, ça m'a fait du bien. J'en avais jamais parlé à personne. C'est comme si on m'avait retiré un gros poids de sur les épaules.

On est pas mal différentes, Gabrielle et moi. Elle est grande, mince, sportive. Je la vois courir sur la plage, beau temps mauvais temps. Une belle blonde aux cheveux longs, aux yeux pers. Même Paul l'a trouvée jolie la première fois qu'elle est venue à la boucherie. J'lui donne quarante-deux, quarante-trois ans, pas plus. Elle a beaucoup voyagé. Moi, j'ai jamais eu le temps de faire du sport, avec le commerce. Je suis même jamais sortie des Maritimes.

À part Emily, j'ai jamais eu d'amie juste à moi. Ici, j'ai des connaissances, mais des gens à qui me confier, non, je pense pas. Bon, je m'emballe là. C'est pas encore une amie. Elle m'a invitée par politesse et moi, je suis allée lui déballer toute ma misère. Qu'est-ce qu'elle peut bien penser de moi à l'heure qu'il est ? Elle doit se dire que je suis une pauvre femme qui s'ennuie et qui raconte ses malheurs à la première venue.

Elle a pas beaucoup parlé, par exemple. Mais c'est la première fois que quelqu'un m'écoute avec autant d'attention.

Emily babillait tout le temps. Elle avait toujours des choses plus intéressantes à raconter que moi. Quant à Paul, on n'en parle même pas. La première fois que j'ai vu Gabrielle, j'ai senti que nous pourrions être proches. Je ne sais pas. De bonnes voisines en tout cas. Qu'est-ce qu'elle peut bien être venue chercher par ici ?

Nous avons rendez-vous demain avant-midi. Je lui ai proposé d'aller faire un tour sur la côte. Elle a accepté. J'espère que ce n'est pas juste pour me faire plaisir ? On pourrait dîner à Summerside, si on se rend jusque-là. J'ai dit à Paul que je prenais congé. Il m'a souhaité une bonne journée. Ça m'a mise de belle humeur.

La bouchère

La coop de Tignish ne tient que des livres usagés, parmi lesquels on retrouve beaucoup de romans Harlequin. Je commande mes livres par Internet. Je ne les accumule plus comme avant. Une fois terminés, je les donne à Dorothy qui a installé un présentoir dans un coin de la boucherie, à côté de la machine à café et des journaux. En moins d'un mois, l'espace occupé par les livres a doublé. Paul rechigne un peu, mais la lubie de sa femme lui amène de nouveaux clients. Dorothy emballe les livres dans du papier brun et de la ficelle. Pas de sacs en plastique. Elle affiche les nouveautés sur le tableau blanc, en bas des spéciaux de la semaine. Certains habitués lui rapportent leurs livres usagés et lui passent des commandes. Elle note les informations dans un grand cahier avec le sérieux d'un libraire. Je lui ai montré comment se servir d'Internet pour qu'elle puisse faire ses achats elle-même. Elle vient à la maison en fin de journée, je lui sers une vodka jus d'orange et nous discutons de livres. À cinquante-quatre ans, elle dit qu'elle a enfin trouvé sa passion. Je lui envie sa vitalité. Il y a des jours où je me sens si éteinte.

Il y a trois jours, Paul lui a suggéré de transformer le hangar derrière la boucherie en boutique. Elle en est restée muette d'émotion. Elle m'a aussitôt appelée. C'est la première fois qu'il l'encourage de manière aussi sincère. Il est même prêt à investir un peu d'argent, comme associé minoritaire. Elle n'en revient pas. Elle en a parlé à Tom, le frère de Paul, un entrepreneur à la retraite. Le lieu est en bon état, mais demande quelques travaux. Rien de majeur. Si on s'y attaque tout de suite, la librairie pourra ouvrir au printemps. L'espace sera confortable, aéré, avec des fauteuils pour que les gens puissent y lire sans être dérangés. Il y aura des fleurs partout. Tom va percer des puits de lumière et construire une petite verrière pour laisser entrer le plus de clarté possible. Il faudra aussi installer un poêle à bois, pour l'hiver. Dorothy a pensé à aménager un comptoir pour servir du thé, du café et des galettes. Betty lui a offert son aide. L'été, on organisera des séances de signatures avec des auteurs de passage qui liront des extraits de leurs livres. J'inaugurerai l'endroit avec mon nouveau roman. Enfin, si je suis prête. Je lui ai répondu que ça me bâdrait pas trop. Je pourrais présenter mon livre sur la décoration intérieure, et peut-être aussi donner des conférences. Il y a tellement à faire dans cette ville. C'est la première fois qu'elle a un projet juste à elle. Elle me consulte, veut connaître mon opinion sur la couleur des murs, des bibliothèques. Je la soutiens. Elle échafaude des plans qui la gardent éveillée la nuit. Le matin, elle m'appelle pour m'en faire part. Elle parle vite, sans reprendre son souffle, comme si elle craignait que tout cela ne soit qu'un rêve. Sa voix est forte, et vibrante. Elle se sent enfin vivante. Et tout ça, me dit-elle, c'est grâce à moi.

Les livres

J'aime les livres neufs. Je ne fréquente pas les librairies de livres usagés ni les bibliothèques municipales. Je veux être la première à faire craquer la couverture d'un livre. Certains aiment les églises, moi, c'est l'atmosphère des librairies. J'y entre toujours comme si c'était la première fois. Je parcours les rayons et lis les titres au hasard. Mon regard glisse lentement. Un mot, une image le retient. Je touche le livre, je sens son poids, son odeur. D'abord, je le feuillette. Puis, je m'arrête sur les titres de chapitres. Je lis une ligne ou deux et je retourne à la première page qui décide de tout. J'ouvre un livre et je me sens vivre. Lire me ramène en classe de sixième, au bonheur que j'éprouve cette année-là à fréquenter l'école, l'année de mes douze ans.

Mademoiselle Ouellette s'installe bien droite sur la chaise en bois, les coudes appuyés sur le bureau, un livre ouvert devant elle. Elle éteint les néons et attend que le calme se fasse dans la classe. Elle n'élève jamais la voix. Elle allume la lampe posée sur son bureau. La lecture peut commencer. Les jumeaux Tremblay s'échangent des cartes de hockey sous leurs pupitres. Jacques s'endort, sa chaise est appuyée contre le mur. Jeanne sort sa revue de mode et la pose sur ses genoux pour la feuilleter en cachette. Elle n'aime pas la lecture du vendredi après-midi. Elle dit que lire est dépassé, que plus personne ne lit de livres. Son ton est tellement tranchant. Je ne discute pas.

Je rejoins la chorale pour la répétition de l'*Ave Maria* de Gounod ce soir. Je voyage seule. J'ai l'impression d'être en vacances. Demain, c'est ma dernière prestation. Personne n'est au courant de mes plans.

Les premières phrases m'exaltent. L'histoire s'annonce captivante. J'aime déjà le personnage. Au bout d'une seule petite page, mademoiselle Ouellette s'interrompt en attendant que les jumeaux se calment. Je manifeste mon irritation à haute voix. Les jumeaux se moquent de moi, mais je m'en fous. Elle reprend la lecture. Trop lentement. Vite et bien ne vont pas ensemble. Elle nous le répète cent fois par jour. J'essaie de calmer mon impatience. Je n'y arrive pas. J'imagine la scène. Le soleil de fin d'après-midi éblouit l'héroïne. Elle fouille dans son sac. Elle a oublié ses verres fumés. Elle effleure du doigt l'album photo sur le siège. Depuis qu'elle l'a trouvé, elle est bouleversée. Sa voix tremble en chantant.

Lorsqu'elle lit, la voix de notre professeure n'est pas haut perchée, mais profonde et remplie de nuances. Les mots se forment dans ma tête bien avant qu'elle ne les prononce, comme si je connaissais déjà le texte. L'institutrice tient le livre dans sa main gauche. J'aime comment elle lisse les pages avec ses longs doigts, lentement, en nous regardant par-dessus ses lunettes. Ses gestes sont fluides, le vernis de ses ongles, impeccable. Elle porte une bague montée d'une pierre noire et un bracelet à breloques. Un tintement joyeux souligne le changement des pages. Il n'y a que les livres qui me transportent de cette manière. Je deviens une autre, je deviens l'héroïne du roman.

La tempête s'est levée. J'avance dans la bourrasque. Ma voiture est tombée en panne. Je vais être en retard pour la répétition. Le prochain village est à dix kilomètres. Les voitures passent à côté de moi sans s'arrêter. Je maudis l'indifférence des gens. Mes pieds sont gelés. Je marche péniblement. Des petits glaçons se forment sur mes cils. Le vent ne cesse de soulever la neige poudreuse. Je distingue une lueur devant. Une flamme orangée s'échappe du toit d'une maison. Je presse le pas. Quelqu'un à l'étage est assis devant la fenêtre sans bouger.

Le son de la cloche me fait sursauter et me sort de ma rêverie. Les autres se placent en rang, prêts à foncer vers la sortie et la fin de semaine. Je ne suis pas pressée de rentrer. La maison est trop bruyante et je n'ai pas d'endroit où être seule. Je partage ma chambre avec ma sœur. Et puis, je préfère le silence de la classe après la lecture. Les personnages flottent autour de moi et je veux faire durer leur présence le plus longtemps possible. Je passe l'éponge sur le tableau noir. L'eau dégouline sous mon chandail jusqu'à mon aisselle. C'est froid. Je laisse tomber l'éponge. Mes ongles crissent sur l'ardoise et cela me donne la chair de poule. Par les grandes fenêtres, j'aperçois les ombres penchées des traînards qui s'éloignent dans la tempête de neige.

Le livre est toujours sur le bureau. J'hésite. J'entends la voix de mon institutrice dans le couloir. Elle discute avec l'autre professeure de sixième. Elles en ont pour un bon moment. J'ouvre le roman et je lis une dernière page avant de partir. Puis une autre. Et une autre encore.

J'essaie d'enfoncer la porte avec mon épaule. Elle me résiste. J'entends un drôle de cri à l'intérieur. Je casse le carreau de la porte avec mon coude. Mon manteau s'accroche au cadrage. La chaleur est insupportable. Il y a un landau dans l'entrée…

J'aurais continué ma lecture si le concierge n'avait pas heurté son seau de métal contre le cadre de porte.

— Que c'est que tu fais encore là, toé ?

Je le corrige mentalement : Toi. *Je referme le livre et le pose sur le bureau. Je range mes cahiers et mes crayons dans mon pupitre en prenant mon temps. En sortant, je le regarde droit dans les yeux et je tourne les talons de manière théâtrale. Les livres me donnent confiance. Je me sens différente. Plus intelligente. Je l'ai dit à Mademoiselle Ouellette qui m'a répondu que je devenais orgueilleuse.* Ce n'est pas bien de se vanter, jeune fille. Vraiment pas bien ! *Je me suis sentie blessée et humiliée. Depuis, je suis en colère contre elle. Je boude en classe, mais on dirait qu'elle ne s'en rend pas compte. Je croyais que mon institutrice m'aimait.* Elle a le don de nous rabattre le caquet, *comme dit ma grand-mère. Ses reproches n'éteignent pas complètement mon enthousiasme, mais j'ai le triomphe moins ardent. Sauf maintenant, devant le concierge.*

Il fait froid dehors. J'enfonce ma tuque sur mes oreilles et je traverse la cour en quatrième vitesse. Les camions déneigent les rues. Les trottoirs sont complètement recouverts par la bordée d'aujourd'hui. Je glisse sur les plaques de glace. C'est la troisième tempête depuis le début de la semaine. La ville est silencieuse. La neige craque sous mes pieds. Les fenêtres givrées s'illuminent les unes après les autres.

Je scrute les maisons en m'inventant des histoires. J'imagine mademoiselle Ouellette dans l'une d'elles. Un intérieur austère et propre comme le couvent où elle habitait avant de quitter sa congrégation. Elle soupe seule à sa table. Il n'y a pas de cris ou de voix qui s'élèvent chez elle, juste le bruit des clous qui éclatent dans les murs. Sa tête est remplie des leçons de la journée. Il est temps de prendre ma retraite, se dit-elle. Elle mange lentement, parce que vite et bien ne vont pas ensemble. Son repas est frugal. Le soir, elle ne regarde pas la télé. Elle n'en a pas. Elle s'adonne au petit point. Son ouvrage l'attend près de son fauteuil. Le lundi soir, elle corrige la dictée du matin. Le jeudi, elle joue au bingo au sous-sol de l'église. C'est sa seule sortie de la semaine, à part la messe du dimanche. Avant d'aller au lit, elle lave ses sous-vêtements à la main et les étend sur le rebord du bain. Elle se couche tôt, et le lendemain matin, déjeune d'un bol de gruau avec un thé Salada. Elle conserve le sachet pour le soir. Quelle vie monotone et ennuyeuse ! Je n'en veux pas. Je continue mon chemin.

Un rideau bouge. Je m'arrête devant la maison obscure, certaine d'avoir vu quelqu'un à la fenêtre. Un couple de personnes âgées habite ici. L'hiver, ils ne sortent presque jamais. Ils n'ont pas de voiture et reçoivent peu de visiteurs. L'été, un grand potager et des fleurs bordent leur maison. C'est la plus fleurie du quartier. J'aime m'asseoir derrière la haie qui longe la rue pour sentir les parfums. Le lilas est celui que je préfère. Quand la dame m'aperçoit, j'enfourche mon vélo et je m'éloigne. Mais je reviens toujours. Mon père dit que ce sont des Polacks. Le vrai terme est « Polonais », mais je ne corrige pas mon père, même mentalement. Ils sont arrivés ici après la Seconde Guerre mondiale. Ce sont les seuls étrangers que je connaisse. Enfin, connaître, c'est vite dit.

La neige s'est accumulée dans l'allée qui mène à leur porte d'entrée. Il n'y a aucune trace de pas, aucune lumière à l'intérieur. Les phares d'une voiture éclairent brièvement la façade de brique rouge. Tous les volets sont fermés, sauf celui du rez-de-chaussée. Un voleur s'est peut-être introduit dans la maison ? Ils l'ont surpris et il les a *tués tous les deux. Le couple de vieux gît dans une mare de sang. L'assassin m'observe de la fenêtre. Il me connaît peut-être. Tout le monde se connaît ici. Ce serait le frère d'A. T. que cela ne m'étonnerait pas. Une vraie famille de délinquants, ceux-là. Il sait où j'habite. J'en tremble de peur et mon cœur cogne de plus en plus fort dans ma poitrine. Une silhouette soulève le rideau. Elle m'a vue. Je veux me sauver en courant, mais mes jambes sont comme de la guenille. Je glisse par terre derrière le banc de neige. Le rideau retombe devant la vitre. La porte s'est entrouverte. Personne ne sait que je suis ici. J'essaie de crier mais aucun son ne sort de ma bouche. Je forme une balle de neige bien dure avec mes mains. La pièce s'éclaire et je reconnais l'homme à la fenêtre. Il me fait signe d'approcher. Je n'ose pas. Je suis encore pétrifiée. La porte s'ouvre sur le côté de la maison.*

— *Ça va, petite ?*

La dame a un accent prononcé.

— *Oui.*

— *Qu'est-ce que tu fais dehors par un temps pareil ? C'est la gamine du bout de la rue, lance la dame vers l'intérieur.*

— *Je me promène.*

Ma voix tremble encore. Je laisse tomber la balle de neige derrière moi.

— *Tu veux entrer boire un chocolat ?*

Je m'approche de la porte. La voix de la dame est douce. J'aime son accent. J'aime encore plus le chocolat. Mes parents m'interdisent d'entrer chez des étrangers mais je secoue mes bottes et ma canadienne et j'entre dans la cuisine chaude. Les fenêtres sont embuées. Une soupe mijote sur la cuisinière. Il y a toujours de la soupe chez les personnes âgées.

— *C'est quoi la musique ?*

— *Debussy. Un compositeur classique. Tu aimes ça ?*

— *Je ne sais pas.*

J'aurais dû répondre oui. J'ai pas l'air très intelligente.

Des guimauves miniatures flottent dans mon chocolat chaud. Je tiens ma tasse entre mes mains pour les réchauffer. La dame a déposé des galettes au milieu de la table dans une grande assiette avec une ligne dorée. Une assiette du dimanche. Je meurs de faim. Madame Z. s'assoit devant moi et me sourit. Elle porte du rouge sur les lèvres. Ses cheveux sont remontés en un chignon épais traversé de fils d'argent. On dirait des glaçons de Noël. Ses lèvres ont laissé une empreinte sur le rebord de sa tasse. C'est presque le même rouge que le vernis à ongles de Mademoiselle Ouellette. J'ai hâte d'en porter. La dame pousse doucement l'assiette vers moi. Carottes et raisins, mes préférées.

— Vous avez des enfants ?

— Ils sont grands et vivent très loin.

— Vous ne les voyez jamais ?

Madame Z. se lève, remue la soupe. Elle tire un mouchoir de sa manche. Les vieux gardent toujours des mouchoirs dans leurs manches.

J'avance jusqu'au seuil du salon. L'éclairage est tamisé. De hautes bibliothèques montent jusqu'au plafond. Il y a tant de livres qu'on ne voit plus les murs. Des disques sont classés dans des boîtes de bois empilées les unes sur les autres. Deux fauteuils de velours occupent le centre de la pièce. Sur une table, des bouteilles en verre taillé jouxtent de petits verres. Le décor ressemble à celui des vieux films en noir et blanc. Monsieur Z., l'homme à la fenêtre, lit un journal. Je fais semblant de m'intéresser à un livre sur les avions. Enfin je crois, puisqu'il est en anglais et que je n'y comprends rien. L'homme remonte ses lunettes sur son front et me regarde.

— Tu aimes lire ?

Tiens, il n'a pas d'accent.

— Vous avez lu tous ces livres ?

— Bien sûr.

Il remet ses lunettes et poursuit sa lecture. D'habitude, le silence me gêne en présence des adultes, mais là c'est différent. Je me sens bien ici, avec lui. Il n'est pas intimidant. Ses gestes sont lents et posés. Je peux me taire ou parler. On dirait que c'est moi qui décide. Rien ne me presse. J'ai tout mon temps. Je m'approche de la bibliothèque. Certains livres sont en langue étrangère. Les mots contiennent plus de consonnes que de voyelles. Monsieur Z. a reposé son journal. Il prend une gorgée d'alcool. Je lui demande ce qu'il fait dans la vie.

— J'étais professeur à Cracovie.

— *C'est où Cracovie ?*

— *En Pologne.*

— *Vous avez rapporté tous ces livres de la Pologne ?*

— *Ils ne m'ont jamais quitté. On est rarement seul avec les livres, non ?*

Il me regarde attentivement. Là, je suis gênée. Il attend une réponse j'imagine, mais je ne sais pas quoi ajouter. Les livres me font le même effet, mais je ne sais pas si je peux lui dire cela. Peut-être que tout le monde pense de cette manière ? J'ai peur qu'il se remette à lire son journal si je dis une bêtise. Je commence à avoir chaud. Vite, il faut trouver quelque chose. Je suis debout devant lui, la bouche ouverte, comme une gourde. Les adultes ne s'intéressent jamais bien longtemps aux enfants. Il se lève. Zut ! j'ai tout gâché. Il prend un livre dans la bibliothèque et me le tend.

— *Tiens, c'est pour toi.*

Les mille et une nuits. *Les pages sont cornées et la couverture est abîmée. Dessus, il y a l'image d'un prince arabe étendu sur un lit. Une jeune femme, dont les cheveux noirs sont si longs qu'ils touchent ses pieds, tient un livre sur ses genoux. Ses poignets sont ornés de dizaines de bracelets argentés. Les costumes sont accentués de traits de couleur or comme pour en montrer toute la richesse. C'est un beau livre lourd et c'est le premier roman que je reçois en cadeau. Un présent de la Pologne. Il y a une dédicace écrite à la main sur la page intérieure. Je demande à monsieur Z. ce qu'elle signifie. Il me dit qu'il a offert ce livre à sa fille lorsqu'elle avait mon âge. Je ne lui pose pas d'autres questions, je ne veux pas qu'il devienne triste en pensant à sa fille qui vit au loin.*

Jusqu'à la fin de l'année scolaire, en dépit des avertissements de ma mère, je lis tous les soirs avec ma lampe de poche sous le couvre-lit. Ma sœur et moi nous disputons beaucoup, ce qui a décidé mon père à construire une autre pièce au sous-sol et j'ai enfin eu ma chambre à moi. J'ai demandé à mon grand-père d'y installer des tablettes pour y ranger mes livres. Pour l'instant, elles sont dégarnies, mais j'ai bien l'intention de les remplir.

Je passe souvent chez mes voisins. Je leur rends de petits services. Je dépose des lettres au bureau de poste, je vais chercher les journaux du dimanche à la tabagie. Ils veulent me donner de l'argent mais je refuse. Pendant que monsieur Z. lit ses journaux, je choisis un livre dans la bibliothèque et je prends place à côté de lui pour le feuilleter. De temps à autre, il m'en offre un en cadeau.

— En échange des services rendus, *me dit-il.*

Je repense souvent à ce que monsieur Z. m'a dit concernant les livres. À l'adolescence, j'ai été un rat de bibliothèque. J'empruntais le maximum de livres que je déposais sur les rayons de mon étagère. De mon lit, j'admirais les volumes bien rangés tout en souhaitant un jour en avoir autant que mes voisins pour ne jamais m'ennuyer. Tout l'argent que je gagnais à garder des enfants était destiné à l'achat de livres. Lorsque j'ai quitté la maison, j'étais fière d'avoir plus de bouquins que de vêtements à emporter. Ils m'ont suivie dans tous mes déménagements.

Le courriel

Aujourd'hui, le temps est trop moche pour sortir. En fait, il pleut des cordes depuis deux semaines et il fait froid. Ce sera mon premier hiver à Tignish. J'ai peur de m'ennuyer. J'allume l'ordinateur, je relis l'amorce de mon texte pour la dixième fois sans lui trouver de suite. Mon roman n'avance pas, et toutes les raisons sont bonnes pour ne pas y travailler. Je doute de tout. La peur me paralyse. Dorothy sera déçue. Il ne sera pas prêt à temps pour l'ouverture de sa librairie.

Sitôt que je m'assois devant mon manuscrit, le malaise et l'agitation m'envahissent. J'essaie de les chasser, ils reviennent avec plus de force encore. Je refais du café. J'en ai des palpitations et mes mains tremblent. Pendant qu'il coule, je mets une brassée au lavage, je range la vaisselle dans les armoires. Je m'étends sur le divan pour feuilleter le numéro de novembre d'un magazine de décoration. On y recycle les idées-cadeaux des dernières années et on multiplie les suggestions pour enjoliver la maison à Noël. On vous propose un réveillon traditionnel dont vos invités parleront encore en janvier. Je n'ai pas encore pensé aux fêtes. Les lumières et les décorations sont dans des boîtes à Montréal, à moins que Jacques ne les ait jetées aux poubelles. La période des fêtes le laissait indifférent et Noël était devenu une corvée pour moi. L'année dernière, j'avais suggéré qu'on parte en vacances, mais Jacques a fini par me convaincre de rester. Il ne voulait pas déplaire à sa famille.

Je parcours la chronique cinéma. Il y a longtemps que j'ai vu un film, moi qui y allais à toutes les semaines. Je n'ai aucune idée de ce qu'on projette à l'heure actuelle. La salle la plus proche est à cent cinquante kilomètres.

Je me sens coupée du reste du monde. Je m'ennuie de la foule qui déambule avant Noël, rue Sainte-Catherine. Je suis complètement à plat. Changement de saison? Procrastination? J'essaie de réfléchir à ce qui me ferait plaisir. Tout ce que je ressens, c'est de l'ennui. Pas d'énergie pour entreprendre quoi que ce soit. Rien qui m'allume. Je cherche. Rien ne m'intéresse. Je vais à l'ordinateur. J'ouvre Internet. Je consulte les sites consacrés à la santé, à la recherche de questionnaires sur la dépression. J'ouvre mes marque-pages : boutiques de meubles, de vêtements. Je lis les manchettes des journaux. Je vérifie mes comptes bancaires. J'ai besoin de bouger, de m'étourdir, de me perdre parmi les gens, de manger un scone et le tremper dans un café *latte*. J'étouffe ici, devant la mer et les grands espaces ! Je ne sais pas ce que je veux.

Les courriels mettent du temps à se télécharger. Je n'ai pas ouvert ma boîte de messagerie depuis mon arrivée. Mille deux cent trois messages se sont accumulés depuis quatre mois. La famille et les amis ont beaucoup écrit après mon départ. Puis ils se sont lassés de mon silence. Maintenant, il n'y a que des courriels sans importance, listes d'abonnements et publicités. J'envoie la plupart des messages à la corbeille sans les lire. La pluie a cessé. Je profite de l'accalmie et je chausse mes espadrilles pour aller jogger sur la plage. Un kilomètre à peine et j'en ai assez. Je reviens vers la maison. Dieu qu'il fait froid.

Je suis étendue sur mon lit, les yeux ouverts. Le ciel est nuageux. Les journées raccourcissent et la pluie est revenue. J'ai hâte de voir la neige.

Je mets du lait à chauffer. L'écran de veille de mon ordinateur scintille dans la pénombre. J'ouvre le courriel de Jacques, envoyé dans la nuit, le jour de mon départ.

Je ne suis surpris ni de ton départ ni de la manière. Ça te ressemble de tout laisser derrière toi comme si les choses et les gens allaient disparaître pour te…

Le lait bout et colle au fond du chaudron. Je jette la casserole dans l'évier. Je n'ai pas besoin de continuer la lecture, je connais la suite. C'est comme si Jacques m'avait giflée. Sa froideur m'a toujours paralysée. À chaque fois, je me taisais et retournais ma colère contre tout ce qui se trouvait sur mon chemin, le trafic, les nouvelles à la télé, les clients arrogants. Sauf contre lui. Comment ai-je pu être si naïve et penser qu'il comprendrait mon geste ? Je m'en veux d'avoir lu son courriel. Pourquoi suis-je partie ? Pourquoi les choses se passent-elles ainsi ? Oui, j'aurais aimé qu'il me facilite la vie. Je rêve d'une vie douce mais je n'y parviens pas. Rien ne change jamais.

Je me réfugie sous les couvertures et je prie pour que ça passe. J'entends la voix de Jacques qui me reproche de ne pas savoir ce que je veux, de ne pas accepter la réalité. Je lui donne raison. Je me sens prise en faute, j'ai peur de déranger tout le monde avec mes projets, mes idées de changement. Peur du rejet. D'instinct, j'essaie de l'éviter. Je m'adapte. J'ai huit ans, douze ans, quinze ans. Je n'aime pas entendre mes parents se quereller. Leurs disputes m'effraient. Je n'arrive pas à les rendre heureux. Je crois que je n'en fais pas assez. Je n'en fais jamais assez. Je ne SUIS pas assez. Pas assez talentueuse, déterminée, persévérante. Au fond, je suis une lâche qui refuse la réalité. Qui n'accepte pas les conséquences de ses décisions. Je fuis.

Une douleur intense me traverse l'estomac. La souffrance m'oblige à lui faire face. Nous ne luttons pas à armes égales. J'ai froid, mes mains sont glacées. Je remonte les couvertures sur mes épaules. J'essaie de ralentir les milliers de pensées qui agitent mon esprit. Je ne veux pas ennuyer les gens. Je les quitte avant qu'ils ne se lassent de moi. Je préfère prendre le large et me retrouver seule. Ainsi, il n'y a pas d'attentes à combler, de regards à soutenir, de culpabilité à ravaler. Il faut que ça cesse. Que ça cesse. Je veux que ça cesse.

J'essaie de me secouer. Une lave de chagrin déferle en moi, m'écrase. Je ne suis utile à personne. Écrire ne suffit pas. Mais alors quoi ?

On frappe à la porte. J'émerge du sommeil. Il fait déjà nuit. Un croissant de lune éclaire la cuisine. Des flocons tombent du ciel. J'ai les yeux gonflés. J'ai dormi toute la journée, c'est à peine croyable. Dorothy me tend un plat de brioches chaudes.

— Tu as du café ? J'ai une proposition à te faire.

Je suis tellement heureuse de la voir.

De retour en ville

Dorothy m'a convaincue de l'accompagner à Montréal pour quelques jours. Elle m'invite. Sa proposition me gêne, mais elle insiste. Elle n'a jamais vu la ville, veut faire la tournée des magasins, se procurer des livres, quelques vêtements, finir ses emplettes de Noël. Elle a décidé de s'acheter un ordinateur pour être plus autonome. Bref, il est grand temps qu'elle sorte de son village. Le matin de notre départ, je me lève tôt. J'enfile mes bottes de marche et je descends vers la plage. La fine couche de neige craque sous mes pas. Je me sens fébrile. L'air vif du petit matin me réveille complètement. Une mince bande de lumière rose-orangée s'élève au-dessus de la mer et envoie la lune au lit.

Ma valise est prête depuis la veille. Je nous ai préparé un goûter et des collations. Il y en a pour une armée. Je range la vaisselle, débranche la cafetière, je passe un linge humide sur le comptoir à déjeuner. Je vérifie une nouvelle fois la météo sur Internet. La journée sera ensoleillée. Nous devrions arriver à Montréal en début de soirée. Je syntonise Radio-Canada, l'émission du matin. Il tombe une petite neige sur la ville et les artères sont complètement bloquées. J'ai hâte d'arriver. Ce voyage est une véritable bouffée d'oxygène.

La rue McGill est illuminée jusqu'au grand sapin de la place Ville-Marie, plus haut que jamais. J'ai le cœur léger. Je n'ai rien d'autre à faire que d'être ici. Dorothy entre dans toutes les boutiques. Elle, si réservée d'habitude, s'exclame devant les immeubles, les églises, les vitrines des magasins. Elle pose mille questions et parle sans arrêt. Elle s'étonne que des gens l'abordent en anglais. On mange un sandwich végétarien dans un café que j'avais l'habitude de fréquenter dans le Vieux-Montréal. Il est encore meilleur que dans mon souvenir. Une agréable odeur de gâteau et de pain flotte dans le restaurant survolté. Nous poursuivons notre balade dans les rues pleines de touristes et de gens d'affaires. L'immense couronne de pin suspendue à la porte de Casse-Noisette parfume l'entrée de la papeterie, à deux pas de mon ancien bureau. Je jette un coup d'œil en passant : mon nom a été enlevé mais l'écriteau n'a pas été remplacé, révélant une empreinte floue. Celle de ma vie passée.

Pendant que Dorothy explore la boutique, je vais boire un thé à côté. La serveuse me reconnaît et me salue. *On ne vous voit plus*, me dit-elle. *Je reviens de voyage. J'avais besoin d'un break.* Elle hausse les sourcils pour marquer son accord. Pas besoin d'en rajouter. Je m'assois au fond de la salle en feuilletant le journal. Dorothy me rejoint au bout d'une heure, gênée d'avoir été si longue. Elle a acheté des carnets en moleskine de toutes les couleurs pour y noter ses réflexions, des titres de livre, le nom des boutiques et des cafés qu'elle aime. Tout l'inspire. Elle me remercie de l'accompagner et me répète que je lui donne confiance en elle. Son enthousiasme est contagieux.

En fin de journée, je vais marcher sur la montagne. Dorothy veut traîner encore un peu dans les magasins. Je m'inquiète de la savoir seule, mais elle me rassure. Elle se sent déjà chez elle à Montréal. Nous convenons de nous retrouver à l'hôtel en début de soirée.

De gros flocons tombent sur le mont Royal. Les skieurs et les promeneurs profitent de la tranquillité de la montagne, loin de l'agitation du centre-ville. Je respire profondément et je m'engage dans un sentier. Je reconnais les haltes, avec leurs bancs recouverts de neige. Les maisons somptueuses, construites à flanc de montagne, forment des masses sombres derrière les arbres nus. Les lumières s'allument dans les salons. Des gens reviennent de faire les courses. Ils pensent au repas du soir. Ils se versent un verre de vin et allument un feu. La marche m'apaise. J'ai l'esprit au repos. Je ne pense à rien.

Deux chiens excités bondissent des sous-bois, étonnés de se retrouver parmi des inconnus. Ils me frôlent les jambes, leurs museaux froids quémandent une caresse. Je grimpe l'escalier qui mène au chalet. Là-haut, des enfants sont étendus dans la neige et font des anges avec leurs bras. Je les envie. Les gratte-ciel de la ville se découpent sur le paysage assombri par les nuages. Montréal est comme un décor de carton-pâte.

Je n'ai appelé personne depuis mon arrivée. L'idée de revenir incognito me plaît assez. Aucune obligation de voir qui que ce soit. Pour une fois, je ne ressens aucune impatience. Je redescends le sentier par le versant est. Le soleil se couche. Il fait maintenant plus froid et le vent se lève. J'accélère le pas. J'aperçois le monument à sir George-Étienne-Cartier. Des amis s'embrassent, se saluent et repartent vers la maison. J'aime ces heures de fin d'après-midi, le samedi. C'est un espace de temps suspendu. Quelques heures où rien ne presse, où la détente est permise.

Les taxis roulent vers le sud. Je décide de continuer à pied jusqu'à l'hôtel. L'humidité me rappelle un séjour à Vienne en décembre, il y a quelques années. J'ai détesté cette ville. J'avais été obligée de garder le lit quelques jours, terrassée par une grippe. La fumée de Gitanes de mes voisins de palier se glissait sous la porte de ma chambre. Un gardien de musée m'avait rabrouée en allemand parce que j'avais touché le mur d'une crypte égyptienne. Encore aujourd'hui, la violence de son avertissement déclenche en moi un sentiment de colère. Une ombre passe sur ma bonne humeur.

J'entre dans un restaurant de l'avenue du Parc pour me réchauffer. À cette heure, le lieu est encore désert. Je m'assois au bar et commande un verre de vin blanc. Il dégage un parfum de miel. Son goût doit être exquis mais je ne le savoure pas. La porte s'ouvre et le froid s'engouffre dans le restaurant. Je frissonne. Vienne me rappelle Jacques. Cet endroit, lui aussi, me rappelle Jacques. C'était l'un de nos restaurants préférés. La dernière fois que nous y avions mangé, nous nous étions disputés. Il était parti en voyage d'affaires quelques jours plus tard. J'avais fait le ménage de la maison et j'avais quitté Montréal. C'était à la fin du mois d'août.

Je règle l'addition sans finir mon verre et je file à l'hôtel. Les trottoirs sont glacés, je longe les immeubles pour éviter de tomber. Les magasins ferment leurs portes et déversent dans la rue des dizaines de personnes pressées de rentrer à la maison. J'essaie de me faufiler. Je remonte le boulevard de Maisonneuve pour éviter la cohue de Sainte-Catherine. Moi qui m'ennuyais de la foule, je suis servie. Mon irritation grandit.

Je me fais couler un bain chaud en attendant le retour de Dorothy. Qu'est-ce qui a pu déclencher ce tourbillon d'idées noires ?

Je me réveille en sursaut. L'eau est froide et la mousse a disparu. Dorothy parle au téléphone à voix basse avec Paul. Elle ne veut pas me déranger. Son ton est enjoué. Je ressens un petit pincement de jalousie. Paul m'énerve. Je sors du bain et j'enfile un peignoir.

Dorothy est assise sur le lit, ses sacs éparpillés autour d'elle.

— Je ne sais pas où je vais mettre tout ça. J'ai pas souvenance d'avoir autant magasiné. T'as fait une bonne marche ? Ça n'a pas l'air d'aller, on dirait.

Je me cache derrière un sourire. Dorothy arrive à me deviner de plus en plus. Elle n'a pas à subir ma mauvaise humeur.

— Un peu de fatigue, c'est tout. Allez, montre-moi tes achats.

— Si t'as pas envie de sortir manger, on peut commander à la chambre.

L'idée de rester ici toute la soirée ne me dit rien qui vaille. J'ai besoin d'air. La colère s'est installée. J'essaie de la contenir mais elle me brûle de l'intérieur.

— On va sortir. T'inquiète pas, ça va aller.

Nous allons dans un petit restaurant italien près de l'hôtel. La salle est bondée et bruyante. Je sens que Dorothy fait attention, qu'elle essaie de détendre l'atmosphère. Elle me raconte le reste de sa journée, carnet en main. Elle a visité presque toutes les boutiques de la rue Saint-Paul puis elle a remonté la rue McGill vers le centre-ville. Elle a ensuite pris un taxi et dit au chauffeur d'aller vers le nord. Elle se sentait audacieuse. Au bout de vingt minutes, elle est descendue au coin des rues Saint-Denis et Marie-Anne. En marchant au hasard, elle a découvert une petite librairie sur la rue de Bullion. Me demande si je la connais. En y entrant, elle s'est tout de suite sentie chez elle. C'était étrange cette sensation ; comme si elle avait reconnu les lieux, y était déjà venue. Elle aimerait que je l'accompagne à la librairie, que je lui dise ce que j'en pense. Ce que je pense de quoi ? Je retiens mon commentaire, je ne veux pas blesser Dorothy. Je ne me sens pas bien. J'ai chaud, la chaise est inconfortable. J'écoute distraitement. Je bois trop vite.

Un couple dans la trentaine vient s'attabler à côté de nous. La fille prend place sur la banquette. Son parfum est envahissant. On dirait qu'elle s'est frotté le poignet sur la bande adhésive d'un magazine. Le type, un gars assez antipathique, consulte sans cesse ses courriels sur son téléphone portable. Sa compagne est visiblement gênée. Elle me jette un regard embarrassé et baisse la tête. L'homme compose un numéro, aboutit dans une boîte vocale, fixe un rendez-vous à son interlocuteur pour plus tard dans la soirée. La fille proteste, un peu câline. Elle espérait qu'ils passeraient la soirée seuls, en amoureux. L'autre l'ignore. Fait comme si elle n'avait rien dit. L'ami rappelle, précise l'heure du rendez-vous. Il est à un match de hockey. Cris de joie de mon voisin pour saluer l'avance de l'équipe locale, appuyés de son pronostic sur ses chances de faire les séries. Je jure intérieurement. Quel crétin. Il raccroche. Avale bruyamment son potage. Dorothy parle toujours, mais je suis incapable de détourner mon attention du gars. J'ai les joues en feu.

Son portable sonne de nouveau. Je ne sais pas ce qui me prend, mais je saisis le bras du type avant qu'il ne réponde. Il est abasourdi. Son amie aussi.

— Est-ce qu'on peut manger en paix ?

Le gars repousse sa chaise. Il est debout à côté de moi. Dorothy me regarde, inquiète. Le serveur s'approche de notre table. Il a l'air affolé. Le restaurant est devenu silencieux. Je me lève calmement. Je suis debout, face à lui. Il fait plus d'un mètre quatre-vingt-deux, pèse au moins quatre-vingt-dix kilos. Si je suis capable d'être aussi posée en ce moment, je peux affronter n'importe quoi et n'importe qui. La situation me donne du courage.

— Mêle-toé de tes oignons parce ça va aller mal.

Je perçois une hésitation dans sa voix. Il zézaye un peu.

— Toi. On dit mêle-toi, pas mêle-toé.

J'ai un sourire baveux. Le gars est écarlate. Il aspire l'air par ses narines dilatées. Sa compagne insiste d'une voix faible pour qu'il se rassoie. Il lève le bras vers moi.

— Vous voulez me frapper devant tout le monde ? Allez-y. On verra bien ce qui va se passer.

Je me sens en pleine maîtrise de la situation. Je n'ai pas peur de lui. Au contraire, je souhaite quasiment qu'il passe à l'acte. Je veux en découdre avec cet imbécile.

— Mike, arrête, voyons donc.

— Toé, ta gueule.

— Votre téléphone nous dérange. Fermez-le. Il n'y aucune raison de faire une scène.

Ma voix n'a pas flanché. Aucun trémolo. Je le regarde droit dans les yeux. Après quelques secondes, il baisse la tête et sort son portefeuille. Il jette des billets sur la table, fait tomber les verres en agrippant son manteau et décampe vers la sortie. Sa compagne remet un peu d'ordre sur la table et le suit. Elle va sans doute payer le prix de mon affront, mais je ne peux rien pour elle. Je me rassois. Je bois une gorgée de vin. Je me sens vivante. Mon sang circule rapidement dans mes veines. Ma colère s'est évanouie.

La rencontre

Nous nous sommes donné rendez-vous avenue Laurier. Je suis arrivée au restaurant en avance, un peu fébrile. Jacques est déjà assis au bar. Il lit un journal, ses lunettes sur le bout du nez. Il annote le texte avec un crayon feutre. Cela m'a toujours exaspérée. J'ai de la difficulté à croire que j'ai pu vivre avec lui pendant dix-sept ans. Ses cheveux ont grisonné. Il porte un pull orange qui lui donne un teint verdâtre. L'ai-je vraiment aimé ?

— Vous avez une réservation ?

— Je viens rejoindre quelqu'un, merci.

Trop tard pour rebrousser chemin. Je m'approche du bar. Le temps de boire un verre et puis je repars. Cette idée me donne de l'assurance.

— Salut.

J'essaie d'être désinvolte. Je l'embrasse maladroitement. Je m'assois sur le tabouret à côté de lui. L'espace est étroit. Il replie son journal et me commande un gewürztraminer. J'aurais préféré un sauvignon. Nous restons silencieux. Il porte toujours le même parfum, vanille et cèdre. J'ai le sentiment d'être assise à côté d'un étranger qui me rappelle vaguement quelqu'un. Le restaurant est vide. Les serveurs conversent entre eux. Il attend que je parle.

— Comment va ton travail ?

Jacques s'anime lorsqu'il est question de son travail. C'est sa passion. Je le lui ai souvent reproché, mais maintenant ça m'arrange. Il parle avec ses mains. De longues mains masculines. Je regarde sa bouche, que j'ai si souvent embrassée.

Je ne ressens rien. La conversation m'ennuie, je voudrais être ailleurs. En finir avec ce monologue et retrouver le silence de mon Île. Je regrette de l'avoir appelé. Je le vois enfin tel qu'il est : orgueilleux, autoritaire, indifférent aux autres. Soudain, cela me frappe de plein fouet : les mensonges et les demi-vérités dont je m'entoure. J'ai fait semblant d'aimer. Je fuis la réalité. Je la déguise sous des changements incessants de vie, de lieux et de projets. En quittant Jacques, je n'ai fait que perpétuer le mensonge. La colère m'embrase. Je l'interromps brusquement.

— Tu as vendu la maison ?

Il me regarde, froissé d'avoir été coupé.

— C'est pour ça que tu m'as appelé ?

Le ton change rapidement. Il devient belliqueux. Je l'ai plaqué sans prévenir. Il a dû s'arranger avec la vente de la maison, le déménagement, les factures à payer. Et maintenant je viens réclamer mon dû ? Je riposte, ma voix est trop aiguë. Je ne lui demande rien. Il veut savoir pourquoi je suis partie comme une lâche, sans explication. J'explique, je bafouille. Je le déteste. À mon tour de devenir agressive. Nous nous accusons mutuellement d'avoir été insensibles aux besoins de l'autre. Il me demande où je vis, avec qui je suis partie, ce que je fais de mes journées. Je suis exténuée. Je me sens vidée.

— Tu veux vraiment connaître les raisons de mon départ ? Alors laisse-moi parler. Je vais essayer, pour une fois, de te dire la vérité. Tout me pesait, ai-je commencé. J'avais l'impression que la vie me glissait entre les mains. Je me levais tous les matins, j'allais au bureau, j'étais respectée dans le milieu, les gens tenaient compte de mon opinion. Je gagnais beaucoup d'argent que je dépensais aussitôt pour des choses dont je n'avais pas besoin, la plupart du temps. Je créais des besoins pour mes clients. C'était ça mon métier. Créer des besoins. Et je suis tombée dans le piège. J'ai multiplié les projets pour me donner le sentiment d'être en vie. Ça n'avait plus de sens. J'étais malheureuse.

— Tu crois que je suis heureux ?

— Je ne sais pas. Pour dire la vérité, ça ne change rien. Cela me désespère de penser qu'on puisse être si malheureux tout en se faisant croire le contraire. J'aimerais que la vie soit légère, facile. Mais on dirait que je ne suis pas faite pour cela. Je ne sais pas ce que signifie « renoncer », ça me donne le vertige rien que d'y penser. J'ai peur de me retrouver devant un grand vide. Je veux une grande, une extraordinaire vie. Mais je n'y arrive pas. Je ne sais plus comment vivre. Je dois réapprendre, tu comprends ? Je t'ai quitté pour y voir plus clair.

— Si tu m'en avais parlé, j'aurais pu t'aider.

— Je n'ai pas besoin de tes solutions, Jacques. J'ai besoin de trouver les miennes. Pour l'instant, tout ce que je sais, c'est que j'ai faim d'espace et de solitude. C'est pour cette raison que je suis partie. Je ne sais pas si je reviendrai à Montréal. Je veux être complètement honnête avec moi-même. Et la seule façon d'y arriver, c'est d'être seule, de ne pas avoir à m'occuper de toi, d'une maison, d'un travail. En quittant Montréal, j'ai dormi dans des motels en bordure de la route. Je me suis sentie chez moi parmi les routiers, les serveuses de restaurant. Leur vie est tellement plus simple. Sans hypocrisie ni faux-semblants. J'ai besoin de vivre sans constamment me remettre en question et me demander si je fais la bonne chose, ou si je ne devrais pas être en train de changer de job, de maison, de ville pour réaliser mes ambitions. Toutes ces questions m'ont épuisée. J'ai pensé aux personnes que j'ai laissées derrière. Je me suis demandé ce que tu faisais, si tu t'inquiétais de moi. J'ai eu le goût de t'appeler pour te rassurer. Pour te dire que j'allais bientôt revenir, que je regrettais d'avoir été si impulsive. Mais, tu vois, l'idée de revenir m'a effrayée. Je ne suis plus capable de vivre avec tout ça. Alors j'ai continué. Petit à petit, la route m'a calmée. J'ai continué à m'éloigner sur des chemins de campagne, en évitant les autoroutes. J'ai mangé dans des snack-bars au bord du fleuve, en pensant aux voyages de famille dans les Maritimes. J'ai poursuivi ma route vers l'est. J'ai retrouvé un peu d'équilibre.

Jacques m'examine. Incrédule et impatient. Il m'interrompt. Il ne savait pas à quel point j'étais malheureuse. Notre vie va changer. Il va changer. Il sera plus présent. J'ai l'impression d'entendre sa voix de loin. L'idée de ne pas avoir à rentrer avec lui ce soir me soulage. Je me sens libre, la lourdeur a disparu. Ce qu'il pense n'a plus d'importance.

Je poursuis mon récit. Il ne m'écoute déjà plus.

— Je vis à l'Île-du-Prince-Édouard, au bord de l'océan. La maison est petite, mais confortable et très jolie. Je me suis fait quelques amies. Dorothy est ici, à Montréal, avec moi. Je prends goût à la lenteur et c'est merveilleux. Je ne porte plus de montre. Je ne tiens même plus de listes.

Jacques a les yeux qui pétillent. Il cherche à me séduire. Je lui manque. Son ton redevient mielleux. Il m'aime. Lui aussi souhaiterait bien ralentir. Il est ouvert au changement. Ouvert au changement! Une verrière et un jardin suspendu avec ça? J'ai l'impression d'être une cliente qu'il cherche à convaincre. Il n'a rien compris à ce que je viens de dire. À quoi bon! Il veut que je revienne. Il est prêt à tous les compromis. On achètera une maison à la campagne, à mon goût, si c'est ce que je veux. Il n'aime que moi.

Il y a un tel fossé entre nous.

Le restaurant est maintenant plein à craquer. Le garçon nous indique notre table. Je n'ai plus faim. Je suis étourdie. Jacques insiste. Je me sens un peu désorientée. J'ai l'impression d'avoir raconté mon histoire à un sourd. *Back to square one*. Il est de bonne humeur, il parle beaucoup. Son nouvel appartement est assez vaste pour deux. Il y a de grandes fenêtres, une vue splendide sur la montagne. Une nouvelle vie nous attend, loin de la banlieue. Il a déjà oublié la maison à la campagne.

Et si on partait en voyage, me dit-il. Cela nous donnera le temps de tout planifier. Ses associés peuvent bien prendre la relève, après tout ce qu'il a fait pour eux.

Faites qu'il se taise, bon Dieu !

— Gabrielle, donne-moi une seconde chance…

— …

— Tu m'entends ? Je te demande de me donner une deuxième chance, de revenir avec moi à Montréal.

Je me sens coincée. Je veux m'en aller, là, maintenant. Je fais signe au serveur, qui ne me voit pas. Je suis furieuse d'être restée. Et j'ai honte d'être aussi lâche. Dis-lui que tu ne vivras plus jamais avec lui. Dis-lui donc, au lieu de le regarder comme une imbécile. Le mensonge, encore et toujours le mensonge. Arrête d'avoir peur Gabrielle.

— Promets-moi d'y penser.

Je ne sais pas comment, j'ai fini par mettre mon manteau et sortir. L'air vif me secoue. Jacques essaie de me retenir, de me prendre dans ses bras. Je me dégage. Il a l'air déçu. Il me tend une petite pochette, m'explique qu'il l'a rapportée pour moi de Paris mais n'a jamais eu l'occasion de me la donner. Je fourre le cadeau dans mes poches sans l'ouvrir et je monte dans un taxi. Il retient la portière en me demandant si nous pouvons nous revoir avant mon départ. Je ne réponds pas. Quelques coins de rue plus loin, je dénoue le ruban. C'est une breloque : deux petites ailes en argent avec le mot liberté gravé à l'arrière. Je la remets dans la pochette.

Je règle ma course et je sors. La pochette reste sur le siège de la voiture.

Gabrielle

Gabrielle est rentrée bouleversée de sa rencontre avec Jacques. Ce matin, elle a les yeux bouffis de quelqu'un qui a pleuré toute la nuit. L'a-t-il convaincue de revenir avec lui ? Je fais monter le déjeuner à la chambre. Elle boit son café assise devant la fenêtre, le regard au loin. On s'en retourne à l'Île aujourd'hui. Je termine ma toilette et je m'habille. Gabrielle est retournée sous les couvertures, sa valise vide ouverte à côté de son lit. Je ne sais pas quoi lui dire. Elle se rend la vie tellement difficile, à jongler comme ça avec ses idées, à se faire de la bile. Je lui offre de l'aider à faire ses bagages. Je lui propose de partir plus tard, de dormir en chemin, de prendre notre temps pour rentrer. Elle ne répond pas, hoche la tête à chacune de mes suggestions, mais reste dans son lit.

Je range la chambre. Je suis à court d'idées. Voudrait-elle passer quelques jours de plus à Montréal ? Son regard s'éclaire un peu. Elle accepte finalement, me remercie. J'appelle la réception pour prendre les arrangements. Elle se glisse dans la douche. Je lui écris un petit mot et je sors. Elle aura besoin de son espace aujourd'hui.

Au fond, je suis heureuse de rester encore un peu. Je me sens bien dans cette grande ville où je ne connais personne. J'ai l'impression d'être en vacances. Cela me rappelle Moncton, avant mon mariage. J'étais confiante, j'étais belle. Je ne savais pas ce que la vie me réservait, tout était possible. J'avais vingt ans.

J'ai presque envie d'accepter l'invitation au vernissage que m'a faite Claude, le libraire de chez Sophia, la petite boutique que j'ai découverte avant-hier. L'événement a lieu ce soir. À cinquante-quatre ans, je ne suis jamais allée à un vernissage. Qu'est-ce qu'on dit à un peintre ? Je ne connais rien à la peinture.

Claude ne doit pas avoir plus de trente ans. Il vient de par chez nous. Je ne sais pas ce qui m'a pris, je ne me reconnais plus, mais je lui ai parlé de mon projet d'ouvrir une librairie à Tignish et lui ai dit que sa boutique m'inspirait beaucoup. Je voudrais que ma librairie lui ressemble. Qu'il y règne la même atmosphère de détente. Il m'a offert son aide pour contacter des maisons d'édition et des fournisseurs. Cela m'a fait vraiment plaisir. Il a suggéré qu'on aille boire un café pour en parler. Il a fermé sa boutique, juste comme ça, et nous sommes sortis. Je me sentais un peu gênée d'être en compagnie d'un homme si jeune.

16 décembre

Je n'écris presque plus dans ce cahier. Dorothy est sortie. Je préfère être seule, dans l'état où je suis. La rencontre avec Jacques m'a énervée. Je n'ai pas bien dormi. J'ai passé la nuit à broyer du noir. Il réussit encore à m'atteindre, à me faire douter de moi, de mes décisions. Est-ce que je l'aime toujours ? Suis-je partie pour rien ? Pourquoi suis-je si obsédée par le changement ? Si je ne bouge pas, je meurs. J'en ai marre d'être si compliquée. Qu'est-ce que je fais dans cette chambre d'hôtel ?

Je referme mon journal. Je jette mes vêtements pêle-mêle dans ma valise. Subitement, je dois parler à Dorothy. Je compose son numéro de téléphone.

— Dorothy, je te dérange ?

— Mon téléphone était au fond de mon sac. C'est pour…

— Il faut que je te parle. Je peux venir te rejoindre ? Sophia, De Bullion ? Je vais trouver. À tout à l'heure.

La petite librairie de quartier est d'une autre époque. Pas de présentoirs cadeaux ou de bibelots pour la maison, pas de comptoirs affichant les préférences d'animateurs vedettes. Rien que des livres. Partout, sur les étagères, dans des bacs en bois, sur des tables au milieu de la place. À la radio, on diffuse le *Messie* de Haendel. L'atmosphère est chaleureuse, mais je n'ai pas le temps de flâner. J'aperçois Dorothy au fond de la boutique, absorbée par sa lecture. J'avance vers elle. Elle me voit, me fait un signe de la main et se lève. Elle jette un coup d'œil sur mon sac de voyage, mais ne dit rien. Elle me présente Claude, le jeune homme à la caisse, en riant nerveusement. Je l'entraîne vers la sortie. Nous nous dirigeons vers l'avenue du Mont-Royal. La neige recouvre les trottoirs, et les voitures ont du mal à circuler dans les rues étroites et encombrées du Plateau. La fumée des cheminées forme des volutes blanches. Ça sent le feu de bois. Un dimanche matin glacial qui donne le goût de paresser. Des gens font la queue devant le marchand de sapins. L'odeur des conifères accentue ma mélancolie. C'est mon premier Noël sans arbre. Je pousse la porte d'un bistro. L'endroit est rempli de jeunes familles, avec des bébés dans des poussettes. Les chaises croulent sous les vêtements d'hiver. Nous commandons des cafés et nous nous installons un peu à l'écart. Je remue la cuillère dans ma tasse pour faire disparaître la mousse. Dorothy attend que je parle. Je me décide finalement.

— Je m'ennuie de mes parents. J'ai envie de les voir.

Elle n'a pas l'air étonnée.

— Quelques jours, tout au plus. Nous pourrions être de retour à l'Île pour Noël.

— Y'a rien qui presse, ma chouette. Prends ton temps.

— T'es certaine ? Paul ne se fera pas trop de souci ? Tu veux venir avec moi ?

— T'inquiète pas pour moi, va. Je vais m'occuper.

Nous nous embrassons sur le trottoir. Je promets de l'appeler tous les jours. Je me dirige vers le terminus. Mon départ est dans deux heures.

La gare est achalandée à la veille des fêtes. J'achète mon billet et je me place dans la file de voyageurs. Des étudiants qui retournent à la maison pour les vacances. L'autocar est en avance. Le chauffeur, en manches de chemise malgré le froid, lance prestement les valises dans les compartiments à bagages. Je dépose mon sac sur le premier banc. Le temps est ensoleillé. Il ne devrait pas neiger dans le parc des Laurentides. Le siège à côté de moi demeure libre, tant mieux. Je n'ai pas le goût de faire la conversation. Je sors le roman acheté en hâte avant de monter, le dernier Mankell. Il y a un moment que je n'ai pas lu. Le chauffeur regarde sa montre, démarre. Nous partons à l'heure. J'incline mon dossier, je me cale dans le fauteuil. Dorothy ne cesse de m'étonner. Tout est si simple avec elle. Je ne crains pas ses réactions. Je ne doute jamais de ses sentiments. Elle ne me fait jamais douter des miens.

Le paysage défile sous mes yeux. La neige brille au soleil, on dirait des étangs gelés. Il reste encore des plaques jaunes dans les champs, quelques touffes de foin qui veulent percer. L'autocar est presque silencieux. Le roulement me berce. Je lis machinalement les noms sur les panneaux routiers. Certains me rappellent des clients.

L'autocar ralentit. Nous arrivons à la gare de Québec. Je suis engourdie de sommeil. Je m'étire, j'enfile mon manteau et je sors. Il fait froid et humide. Le contraste avec la chaleur du car est saisissant. Je me réfugie à l'intérieur de la gare. Des voyageurs pressés et chargés de sacs courent vers la sortie et me bousculent. Des enfants hurlent de fatigue et d'impatience. Je me fraie un chemin jusqu'à la tabagie. J'achète un magazine, j'ai faim. La caissière m'offre du fromage en grains. Frais du jour, précise-t-elle. Je perçois l'accent de chez nous. Je croque un morceau, elle dit vrai. J'ai hâte d'arriver.

De retour dans l'autocar, une dame âgée s'assoit à côté de moi. Elle est élégante avec son chapeau de feutre assorti à son tailleur marron. Elle sort un tricot de laine rose. *C'est la seule chose qui me soulage de mon arthrite*, me dit-elle. Ses doigts, déformés par la maladie, sont agiles.

Elle tricote une robe pour sa petite-fille. Je me rappelle que je n'ai jamais pu supporter la sensation de la laine sur mon corps. Petite, je piquais des crises de larmes et je refusais de porter des collants qui ne s'étiraient pas. Ils ravalaient en marchant. Je me retrouvais avec la fourche à mi-cuisse et l'élastique qui me pinçait la taille. Je n'osais me lever en classe de peur de faire rire de moi. Je retenais mes envies jusqu'à la fin de la journée, et puis je courais pour rentrer à la maison. Je n'achète que du Lycra maintenant. Elle m'affirme que la qualité de la laine a bien changé.

Son rire est délicat, il me réjouit. Je ne ressens plus la nervosité du départ. Je ne pense presque plus à Jacques. J'observe ma compagne. Elle interrompt son tricot pour prendre un médicament. Sa main tremble en portant la bouteille d'eau à ses lèvres. Mon cœur chavire. Tant de vulnérabilité me bouleverse. Je pense à mes parents. J'ai peur qu'il ne leur arrive quelque chose. Qu'ils tombent malades. Qu'ils soient traités en vieillards par des plus jeunes.

— Vous en voulez un morceau ?

— Pardon ?

— Du sucre à la crème maison ?

Le bonbon est onctueux. Il fond doucement sur la langue.

— Vous en avez encore pour longtemps avec la robe ?

— Quelques heures, pas plus. Un petit ruban, des boutons, et ce sera terminé.

— La petite pourra la porter à Noël. C'est bien.

La dame range les sucreries dans son cabas et reprend son ouvrage. Une ombre a passé sur son beau visage. Je détourne le regard, mal à l'aise. J'ai dit une chose qui l'a troublée. Je fixe la route. La nature est immobile. Le givre recouvre les conifères. On dirait un village de Noël.

— Ma fille ne me parle plus depuis un an.

Son aveu inattendu me fait monter les larmes aux yeux. J'ai envie de la rassurer. De lui dire que les enfants finissent toujours par revenir vers leurs parents, mais je n'en suis pas certaine. Et s'il y avait des liens qui se brisaient pour de bon, des souffrances enfouies au fond de soi pour toujours, et qui nous empêchaient à jamais de faire un pas vers l'autre ? J'étreins son bras. Elle me tient la main. Nous restons ainsi, sans parler, jusqu'à notre destination. Les choses sont parfois si simples avec des étrangers.

Un travail d'été

La session universitaire tire à sa fin. Pour la première fois de ma vie, je goûte à un printemps hâtif. Les parterres encore jaunes sont émaillés de crocus multicolores. Les arbres vert tendre élèvent leurs branches vers le chaud soleil d'avril. Je flâne en revenant de l'université. Je m'arrête au marché, à la librairie. Je n'achète rien. Mon compte est presque à sec.

J'ouvre les fenêtres pour laisser entrer le vent doux. Ma coloc est partie pour le week-end. Elle m'a annoncé qu'elle s'était trouvé un emploi à Granby et qu'elle quittait l'appartement au début de juin. Je suis heureuse pour elle, mais plus encore pour moi. Je respire mieux lorsqu'elle n'est pas là. Je préférerais vivre seule, mais je n'en ai pas encore les moyens.

Chez nous, la neige recouvre encore les terrains. Là-haut, l'hiver ne se termine jamais avant le mois de mai. Je n'ai pas envie de rentrer à la maison cet été. Je suis partie pour m'éloigner de la famille, pas pour revenir lorsque je manque d'argent. Je dois subvenir à mes besoins. Mais puisque je n'ai pas encore trouvé d'emploi à Montréal, j'ai accepté un boulot au service des activités culturelles de Jonquière. Mon nouveau copain reste en ville pour l'été. Nous ne nous reverrons qu'en septembre. Je m'ennuie déjà.

L'idée de rentrer à la maison me déprime. Je ne connais plus personne dans la région. Je vais retrouver ma chambre d'adolescente, qui n'a pas été repeinte depuis les dix dernières années. Le manque d'intimité et de calme me fait paniquer. Le bruit de fond de la télé et de la radio, allumées en permanence chez nous, est insupportable.

Personne ne m'attend au terminus. Je patiente un peu avec l'espoir de voir apparaître la voiture de mon père, en vain. Après vingt minutes, je commence à marcher vers la maison. Mon sac à dos est lourd. J'ai apporté beaucoup trop de vêtements. La sueur coule dans mon dos sous mes trois épaisseurs de chandails. J'ai honte d'être seule. D'autres parents auraient été impatients de revoir leurs enfants. Ils les auraient attendus au terminus, auraient peut-être préparé une fête. Pas les miens. Je ne suis pas importante. Pas intéressante. Qu'est-ce que je connais à la vie ? Je ne suis qu'une étudiante en design. Mon père critique mes choix, dit que je n'ai pas fait les bons. Ma mère ne dit rien, comme d'habitude.

J'évite le regard des gens que je croise. Je crains de rencontrer quelqu'un que je connais, d'avoir à expliquer ce que je fais ici, dans la rue, avec ce sac sur les épaules. De me faire demander pourquoi mon père n'est pas venu me chercher. Je me sens tellement nulle. Je marche en fixant le trottoir. La maison est en vue. L'été commence mal.

La maison familiale

L'autocar me laisse dans le stationnement du dépanneur. Les taxis sont plutôt rares ici. Je me dirige vers le petit centre-ville, animé comme dans mes souvenirs d'enfance à la veille de Noël. Les travailleurs sortent de l'usine et s'arrêtent à la brasserie pour boire une *draft* avant de rentrer. Je n'ai jamais aimé la bière, mais l'ai toujours associée au plaisir du temps des fêtes. Quelques jours avant Noël, mon père rentrait à la maison avec une caisse de bières et des bouteilles de fort. C'était le signe manifeste que les vacances étaient bel et bien commencées.

Les vitrines des magasins et des bureaux sont décorées. Les lampadaires illuminent les gros flocons qui tombent du ciel. On a aménagé une crèche devant l'ancien hôtel de ville. Je m'arrête un instant. Les personnages de plâtre sont grandeur nature. C'est magnifique. La beauté de la scène me remue, mais je suis trop nerveuse pour véritablement l'apprécier. Je n'ai pas écrit, pas donné de nouvelles depuis cinq mois. Mes parents seront-ils heureux de me revoir ? J'ai eu Dorothy au téléphone tout à l'heure. J'avais besoin d'être rassurée. Je lui ai dit que j'étais inquiète de la savoir toute seule à Montréal. En vérité, j'étais plus soucieuse de me retrouver ici, moi, toute seule. J'aurais aimé qu'elle soit là. Elle passe beaucoup de temps à la librairie. Quand elle parle de Claude, sa voix est différente. On dirait une jeune fille. Je me tourmente pour rien, encore une fois.

La ville a installé une patinoire devant le centre communautaire. Des haut-parleurs extérieurs diffusent des airs de

Noël. Les patineurs profitent de la belle soirée. Je poursuis mon chemin. Lentement. Je ne reconnais plus les maisons. La plupart ont été rénovées. J'essaie de me rappeler le nom des anciens propriétaires : ici les Tremblay, là les Maltais. Non c'étaient les Boivin. Une vieille dame et son mari invalide habitaient la maison verte. Je distribuais le journal. C'était le travail de mon frère, mais il trouvait toujours une bonne raison de ne pas le faire et ma mère — qui le protégeait — me disait que je devais penser à toutes ces personnes qui avaient déjà payé, et qui dépendaient de moi. Alors je me levais tôt, et je passais le journal.

À travers les fenêtres embuées, j'aperçois les sapins décorés. J'imagine des enfants aux yeux brillants ; ils regardent les paquets bien emballés, cherchent ceux qui leur sont destinés, les soulèvent délicatement en cachette de leurs parents et les agitent pour en deviner le contenu.

Je suis au coin de la rue, à quelques mètres de la maison. Il y a de la lumière au salon, les stores sont encore ouverts. Je ne vois personne. L'entrée n'a pas été dégagée. Je me demande s'ils ont engagé quelqu'un pour déneiger. Je cogne doucement. Il n'y a pas de sapin, aucune couronne, rien. Je cogne à nouveau. Plus fort cette fois. Ma mère arrive de la cuisine. Son pas semble mal assuré. Je recule. Elle soulève le rideau de dentelle et me reconnaît. Elle déverrouille fébrilement.

— Gabrielle ! Si je m'attendais !

Mais sa surprise retombe aussitôt. Ma mère n'a jamais été expressive. Je dépose mon sac et je l'embrasse. J'aurais aimé la serrer longuement dans mes bras, mais je n'ose pas. Et puis, ses épaules frêles me troublent. Elle est devenue minuscule. J'ai peur de lui faire mal. Je m'en veux d'être si distante. Elle me laisse à mon embarras et retourne à la cuisine éteindre le feu sous la théière. Elle toussote.

J'enlève mes bottes et mon manteau. Le salon est triste sans décorations. Mais j'aperçois un immense poinsettia sur la table à café. L'emballage de plastique entoure encore la base du pot.

— Tu es toute seule ?

— Ton père est allé faire une commission. Je viens de faire du thé, tu en veux ?

Sa voix a changé. C'est celle d'une vieille femme. Cela s'est-il produit pendant mon absence ? Elle prend deux tasses dans l'armoire, verse le thé bouillant. Elle n'est pas maquillée, pas coiffée. Son teint est pâle. Elle me demande si j'ai faim. Me dit de me servir dans le réfrigérateur. Avant, elle aurait proposé mille choses, m'aurait offert de préparer un repas. Il y a décidément un malaise. Je ne sais pas quoi dire. Je n'aurais jamais dû venir sans m'annoncer, sans appeler. Nous aurions eu du temps pour nous préparer à cette rencontre. La lumière du plafonnier est crue. J'ai froid tout à coup. Elle me donne des nouvelles de mon frère et de ma sœur, et j'ai l'impression qu'elle me parle d'étrangers. La culpabilité ne me quitte pas.

— Tu aurais dû téléphoner, j'aurais fait un peu de ménage, la maison est à l'envers.

— Vous n'avez pas encore installé les décorations ?

— Ton père n'a pas le goût cette année.

Je plonge le nez dans ma tasse, avale ma gorgée de travers. Je me lève pour boire un peu d'eau. J'ouvre la porte de l'armoire pour masquer les larmes qui me montent aux yeux. J'aperçois une boîte de carrés aux dattes. Mon dessert préféré. C'est le seul qu'elle a préparé cette année. Elle cuisine de moins en moins. *Je n'ai jamais vraiment aimé cela*, me dit-elle. *Comme toi d'ailleurs.* L'idée qu'on puisse se ressembler à ce point me surprend toujours autant. Mon sentiment d'être une étrangère s'estompe. Mes racines sont ici, que je le veuille ou non. Je souris mais une inquiétude m'envahit. Comment vont-ils se nourrir, eux qui n'ont jamais voulu fréquenter les restaurants ? Je prends une bouchée de carré aux dattes. La préparation de gruau est grasse, la pâte de fruits trop sèche. Je lui dis qu'il est savoureux.

Je commence à me réchauffer, mais je frissonne encore. Ma mère a un air résigné que je ne lui connais pas. Comme si elle avait renoncé à vivre. Elle me regarde manger, ne pose aucune question sur le lieu où j'habite, les raisons de mon départ et de ma séparation d'avec Jacques. Elle attend que j'aborde le sujet. Elle a toujours été d'une grande discrétion. J'ai longtemps considéré cela comme de l'indifférence. Un manque d'intérêt pour qui nous étions et ce que nous faisions, ma sœur, mon frère et moi. Aujourd'hui, je vois cela différemment. Mes parents nous ont respectés tous les trois. Ils ne sont jamais intervenus dans notre vie privée. N'ont jamais porté de jugement sur notre façon de vivre, sur nos décisions. Du moins, pas devant nous. Ils nous ont éduqués pour que nous devenions des adultes indépendants, autonomes. Comme eux. Ils n'ont jamais compté sur l'aide de qui que ce soit. Sont-ils maintenant si vulnérables ou est-ce moi qui n'accepte pas de les voir vieillir ? Est-ce ma propre peur que je projette sur eux ?

Je monte ma valise à l'étage. Mon père ne devrait plus tarder.

Rien n'a changé. La couleur des murs, les couvre-pieds, les cadres sur les murs sont les mêmes. Je jette un coup d'œil à la chambre de mes parents. Le lit est défait. Les vêtements sont empilés sur le fauteuil. Mon doigt glisse sur la commode et trace un sillon dans la poussière.

J'entends la porte qui s'ouvre en bas. Mon père est de retour. J'attends qu'il monte. Son pas est lourd dans l'escalier. Il me serre dans ses bras et s'écarte aussitôt. Il a vieilli, son visage est creusé, mais il se tient toujours aussi droit. Il va vivre jusqu'à cent ans.

— Y'était temps que tu donnes de tes nouvelles. On t'a cherchée partout.

Je reconnais ce ton ; mais je vois aussi que le cœur n'y est pas. Je ravale ma réplique, ce n'est pas le moment de me disputer avec lui. Et puis quelque chose dans son regard m'incite à me taire. Il n'est plus aussi sûr de lui. À voix basse, il ajoute :

— Ta mère est très malade. Le cœur. On a failli la perdre.

Mon père a toujours eu tendance à dramatiser. Je tiens cela de lui, mais cette fois, son calme me désarçonne. Je tremble comme une feuille. Nous nous assoyons sur le lit. Mon père est ému. Ses beaux yeux bleus sont inquiets. Il me raconte l'incident de l'automne en détail. Ma mère étendue sur le sofa, inconsciente ; l'arrivée de l'ambulance, la bouteille d'oxygène ; les voisins sur les perrons ; le trajet jusqu'à l'hôpital, l'urgence bondée ; dans l'énervement, il a oublié les cartes d'assurance-maladie, d'hôpital ; l'attente au triage qui est interminable, ma sœur qui n'est pas là. Il s'impatiente, se fâche. Cela lui a toujours réussi. On appelle le médecin. Mon père se sent impuissant et seul. Après quelques heures, on lui apprend que l'état de ma mère s'est stabilisé ; on lui suggère de rentrer à la maison. Elle dort. Elle est aux soins intensifs et y restera jusqu'à nouvel ordre. Il pourra venir la voir le lendemain. Il est soulagé, mais en repartant de l'hôpital, il se trompe de chemin. Il doit s'arrêter sur l'accotement, la nuit est tombée, il fait noir comme chez le loup. Il est en état de panique. Il ne peut appeler personne. Son cellulaire est resté sur le comptoir de la cuisine. De toute manière, qui aurait-il pu appeler ? J'encaisse le coup. Je m'en veux terriblement. Je n'arrive pas à croire que j'aie pu agir de manière aussi égoïste. Il se mouche. Me regarde dans les yeux. *Ta mère va un peu mieux, mais elle est de plus en plus faible. Elle ne sort presque plus.*

J'ai envie qu'il me prenne dans ses bras comme quand j'avais six ans et que je faisais des cauchemars. Il me serrait très fort, me disait de ne pas avoir peur, qu'il ne pouvait rien m'arriver tant qu'il serait là pour veiller sur moi. Mon père était une forteresse. Il savait tout. Je le croyais et je me rendormais, confiante.

Nous redescendons. Ma mère est assise au salon, un livre entre les mains. Elle semble soulagée. Elle nous a entendus, là-haut. Elle n'aura pas à m'expliquer. Mon père allume le téléviseur. Le bulletin de nouvelles débute. La tension est tombée. Tout est redevenu normal.

Le lendemain de mon arrivée, je passe à l'action et j'entreprends de faire le ménage dans la maison. C'est ce que je sais faire le mieux. Je passe l'aspirateur, nettoie les planchers, lave les draps, j'ouvre les fenêtres des chambres. Ma mère me suit d'une pièce à l'autre. Malgré sa fatigue évidente, elle retrouve de l'entrain. Elle dresse une liste d'épicerie pour mon père, qui revient au bout d'une heure les bras chargés de sacs. En fin de journée, je sors marcher et je ramène un petit sapin que je décore avec des boules bleues et des lumières blanches trouvées dans les boîtes rangées au sous-sol. J'en sors des couronnes de lumières que j'installe aux fenêtres. Je compose un centre de table avec des branches de sapin et des pommes de pin. J'allume des bougies à la cannelle. La maison sent enfin Noël. Mon père glisse un CD dans le lecteur. La musique et la flamme bleutée du foyer électrique réchauffent l'atmosphère. Ma mère débouche un mousseux fruité et nous trinquons à sa santé et à mon retour. Les larmes nous montent aux yeux, à tous les trois. Je tombe de fatigue mais je suis heureuse. J'ai envie que mes parents aient un beau Noël, je ne ressens plus l'ennui ou la lassitude des dernières semaines.

Le téléphone sonne. Ma sœur attend mes parents vers dix-sept heures le soir de Noël, et demande si elle doit venir les chercher. Ma mère lui apprend que je suis de retour et me tend l'appareil. Elle est étonnée de me savoir à la maison, me dit que c'est une belle surprise. Elle espère que je vais me joindre à eux pour le souper. Je sens un reproche dans sa voix. Son ton affecté me rend mal à l'aise. J'accepte pourtant avec plus d'enthousiasme que nécessaire. Tout passe par la voix, chez nous.

En matinée, je vais faire une virée dans un centre commercial plein à craquer. En trois heures, j'achète tous mes cadeaux. Je dépense sans compter, étonnée de ma patience malgré la cohue. Le bonheur est encore là, précaire. Mes parents semblent contents de me revoir et je me sens utile auprès d'eux. Quant à ma sœur, je ne m'inquiète pas, elle va passer l'éponge. Elle le fait toujours.

Un peu plus tard, à l'épicerie, je croise des visages familiers. Les regards sont insistants, je devrais reconnaître ces personnes. On ne change pas tant que ça après tout. Je me rappelle qu'au Saguenay, tout le monde connaît tout le monde, même quand ce n'est pas le cas. Cela me fait sourire. Je sors du magasin le cœur léger, prête à retrouver ma sœur et à passer Noël en famille.

Notre réveillon est simple, mais je crois que c'est le plus beau que j'ai eu depuis longtemps. J'ai l'impression d'être dans un cocon. Nous savourons des fromages et des pâtés accompagnés d'un pain au levain dense et moelleux. Ma mère se rappelle la petite maison de son enfance, au fond de l'imposant jardin de sa grand-mère où elle jouait avec sa sœur et sa tante, de deux ans son aînée. Elles volaient le maquillage des tantes plus âgées, enfilaient des robes et des talons aiguilles en faisant semblant d'être des dames. Plus vieilles, elles roulaient des cigarettes et fumaient derrière la maisonnette. Malgré les plaintes de ses filles, son grand-père ne les disputait jamais. Il les chérissait, provoquant la colère de ses propres enfants. La voix de ma mère se casse. Elle n'a jamais raconté cette histoire.

À la télévision, on passe *It's a Wonderful Life*. Je remplis les verres de vin, et nous nous installons confortablement pour écouter le film dont nous ne verrons pas la fin.

Le lendemain, le repas de Noël chez ma sœur est somptueux : champagne et maquereau fumé, foie gras et sauternes, viandes braisées et légumes grillés accompagnés d'un magnifique Saint-Julien. Ma sœur est une excellente cuisinière. Je le lui fais remarquer. Elle paraît émue et murmure quelque chose en jetant un coup d'œil à ma mère. Puis, elle avale son verre de vin d'un trait. Elle a vieilli elle aussi. C'est elle qui prend soin de nos parents. J'aurais aimé la serrer sur mon cœur, lui dire que j'étais revenue, qu'elle n'était plus seule et qu'elle pouvait compter sur moi. Mais je n'ose pas. Je ne sais pas si je pourrai tenir parole. J'ignore encore comment faire pour vivre dans la réalité. Il y a tant de choses que je ne dis pas depuis mon retour. J'observe ma mère. À quoi pense-t-elle ? Comme moi, compte-t-elle les Noël qui la séparent de sa mort ?

Mon père est assis au salon, seul. Le téléviseur est éteint. Il a toujours eu le blues du temps des fêtes. En réalité, je ne me souviens pas de l'avoir déjà vu rire aux éclats. En revanche, il entrait parfois dans des colères terribles. Petite, je ne comprenais pas cette fureur qui me semblait injustifiée. Surtout durant la période des fêtes. Je lui en voulais, en silence, de tout gâcher. Lorsqu'il piquait une crise, j'allais m'enfermer dans ma chambre. Je m'enfouissais la tête sous l'oreiller, mais cela n'y changeait rien. Je l'entendais crier. J'étais enragée contre lui. Je me déchaînais contre mes poupées et mes peluches.

Comme tous les enfants, j'ai longtemps entretenu le fantasme qu'il n'était pas mon père. Je m'inventais des histoires dans lesquelles j'étais adoptée par un couple d'amis de mes parents. Des gens doux et aimants, toujours de belle humeur. Il n'y avait plus jamais de disputes ni de crises. Les réveillons de Noël étaient mémorables. Le lendemain, nous prenions le petit-déjeuner autour d'une jolie table fleurie. En après-midi, j'allais patiner avec mes amis et au retour, on jouait à des jeux de société. Ma mère nous servait un chocolat chaud. Tout était parfait. Trop parfait pour être vrai.

Et moi dans tout ça ? Pour être honnête, je dois avouer que ma propre colère n'est jamais bien loin, toujours prête à bondir lorsque je me sens coincée, que je ne vois pas d'issue. Je ne ressens pas la tristesse ou la déception, non : je me fâche. Je provoque et j'attaque. Je crée des tensions, cela me donne l'impression de ressentir, de vivre avec intensité. J'ai mis des années à comprendre et à accepter cette violence. Elle a fait de moi une fonceuse, un être volontaire. Elle m'a protégée, mais a éloigné beaucoup d'êtres chers. Elle fait partie de moi, mais je vis de plus en plus mal avec elle. J'ai parfois l'impression qu'il faut sacrifier trop de choses pour arriver à vivre comme je veux. Ce soir, je me sens en paix et j'entrevois — pour la première fois depuis longtemps — la possibilité d'une vie où je cesse de me battre et de résister. Je ne suis plus insatisfaite de ce que je n'ai pas, je suis heureuse de ce qui est. Cette idée me rassérène et ne m'effraie plus autant.

Je remplis mon verre et je vais m'asseoir avec mon père au salon.

Mon père

C'est le soir, un soir d'été. Il fait chaud. Je reviens de la bibliothèque municipale avec Alice et la gazelle verte, Le clan des sept *et* Le club des cinq. *J'espère que personne ne viendra me déranger. Je veux lire. J'accote ma bicyclette contre le mur du garage. La voiture de mon père est garée dans l'entrée. Je ressens de l'irritation.*

Ma mère n'est pas là. La maison est silencieuse. Tant mieux. Je me sers un verre de lait et je prends quelques Petit beurre, des biscuits secs qui ne le sont jamais tout à fait puisque personne ne se donne la peine de refermer la boîte hermétiquement. On dirait que je suis la seule que cela dérange. Je monte à l'étage. Je vois mon père étendu sur son lit dans le noir, la chienne a le museau appuyé contre ses jambes. Elle ne relève pas la tête. Il n'est que vingt heures. J'hésite et puis j'entre dans ma chambre. Je ferme la porte. Le lait tiédit sur mon bureau. Je tourne en rond. Quelque chose ne va pas. Il n'y a pas de bruit de fond, pas de télévision. Mon père est peut-être malade. Où est ma mère ? Le clan des sept *ne m'intéresse plus.*

J'entrebâille la porte. La lumière est allumée dans la chambre de mes parents. Mon père est maintenant assis sur le lit, la tête entre les mains. Il pleure. Mes chevilles se dévissent. On dirait que je vais m'effondrer. Ce n'est pas le vertige. Rien ne tourne autour de moi. Juste la peur de tomber dans le vide parce que plus rien ne me soutient. J'avance. Il ne m'a pas vue. Je me tiens dans le cadre de la porte. Je ne sais pas comment consoler mon père. Je ne l'ai jamais vu pleurer. Il me demande des aspirines. Il dit que sa tête va éclater. Je suis soulagée, je croyais que c'était plus grave. Je lui demande s'il veut que j'appelle maman, même si je n'ai aucune idée de l'endroit où elle se trouve. Je peux aussi aller chercher grand-maman ? Il lève la tête vers moi. Son regard est affolé. Je trouve le courage de lui frotter les tempes avec du Vicks. C'est le remède qu'utilise ma grand-mère. Elle en garde un pot en permanence dans l'armoire de la cuisine et ça marche pour tous les problèmes. Ça devrait aller pour le mal de tête de mon père. C'est la seule fois que je l'ai bordé. Je me suis couchée à côté de lui, en cuillère, le chien entre nous. Il s'est arrêté de pleurer. Ses ronflements m'ont rassurée. Je me suis endormie, une forte odeur d'eucalyptus et de camphre pénétrant mes narines.

Le lendemain, il est parti travailler plus tôt que d'habitude, avant que nous soyons tous levés. Il est revenu à midi et dix pour le dîner. Il est reparti à treize heures pile. Tout le monde avait le nez dans son assiette. Nous avons mangé sans rouspéter. Les yeux bouffis de notre père nous enlevaient le goût de nous chamailler. Le samedi matin, comme toutes les semaines, lui et moi sommes allés à la ferronnerie, chercher je ne sais plus quoi. Nous ne sommes pas rentrés tout de suite à la maison. En chemin, nous nous sommes arrêtés au magasin de sport. Monsieur Larouche nous attendait dans l'arrière-boutique. Papa m'avait acheté un beau dix vitesses jaune orange. Pas un bicycle de fille. Un vrai dix vitesses de gars avec une barre au milieu.

L'hôpital

Le lendemain du souper de Noël, ma mère a de nouveau été hospitalisée. Les émotions fortes, la nourriture, je ne sais pas. Apparemment son cœur n'a pas supporté. L'urgence était vide, heureusement. Ma mère a été examinée aussitôt. Chute de tension accompagnée de fièvre. Sa bouche tremble, elle a de la difficulté à parler. Les médecins ont fait quelques tests pour voir d'où venait la fièvre et ils ont découvert une infection, mais la source demeure inconnue. Nous sommes inquiets.

Je la regarde dormir. Elle est si petite, si délicate, étendue sur le lit de métal. Un tube pour l'oxygène dans le nez, un soluté à la main droite, des antibiotiques intraveineux dans le bras gauche, un sac au bout de la sonde, accroché au pied de son lit. Sa poitrine se soulève lentement. J'écoute sa respiration, à l'affût du moindre changement de rythme.

Le médecin est passé la voir tout à l'heure. Elle avait l'air désorientée, gênée par les tubes. Elle essayait de rabattre le pan de jaquette qui lui remontait au-dessus des cuisses. J'ai replacé la couverture sur ses jambes. L'homme parlait fort. Les médecins élèvent toujours la voix avec les personnes âgées. Leur ton est affecté comme s'ils s'adressaient à des enfants de cinq ans. Elle lui a dit qu'elle était malade, pas sourde. J'ai souri. Les tubes ne l'empêchent pas d'être maligne. Sa main, bleuie par les aiguilles, s'accroche au barreau du lit. Nous sommes arrivés ici tôt le matin, sa prothèse dentaire est restée à la maison. Elle baisse le visage pour dissimuler sa bouche. Elle me laisse poser les questions. Je note

mentalement les explications en me disant que je cherche-
rais plus tard à comprendre ce qui lui arrive. Le médecin dit
qu'il repassera en fin de journée. Je le plains d'être de garde.
Il préférerait sans doute être avec sa famille.

Elle a fermé les yeux. J'ai replacé les oreillers et nous
avons attendu. Il n'y a rien d'autre à faire ici que d'attendre.

L'hôpital est une véritable montagne russe émotive. On
s'y étonne de la gentillesse des gens comme s'il s'agissait
d'une anomalie. Dès que quelqu'un se pointe derrière le
rideau, l'espoir renaît. On se sent rassuré par des gestes ano-
dins qui prennent une dimension extraordinaire : une infirmière qui prend la tension artérielle, une autre qui apporte
un médicament et qui promet de revenir bientôt.

Lorsque le médecin arrive, c'est encore mieux. On se sent
si reconnaissant de l'attention qu'il porte au malade qu'on
veut l'embrasser. On est prêt à toutes les courbettes pour
montrer qu'on comprend ce qu'il dit, qu'il a affaire à quelqu'un d'éduqué, qu'il n'a pas à répéter. Pourtant, il vous
ignore. Il parle au malade, l'ausculte, lui pose une ou deux
questions, ne dit rien de concret. Il insiste sur le fait qu'on n'a
pas à s'inquiéter. Des formules creuses, apprises par cœur, lui
donnent l'impression d'être en contrôle de la situation. Mais
la confiance n'existe pas encore entre vous et lui.

De toute évidence, cet homme-là ne sait pas encore de
quoi souffre ma mère. Il faut attendre : les analyses, d'autres
tests peut-être, l'évolution de la situation. *Votre mère doit reprendre des forces. Elle n'est plus très jeune.* Je l'attendais celle-là.
J'étais déjà sur un pied d'alerte, furieuse de le voir pousser
aussi loin le détachement professionnel. Il me trouvera sur
son chemin. Je le bombarde de questions jusqu'à ce que ses
réponses me satisfassent. Jusqu'à ce que je retrouve ma mère
telle qu'elle était avant l'incident. Il n'y aura pas d'échappa-
toire. L'âge est-il une maladie ?

Un préposé distribue les repas du midi. L'infirmière
explique à ma mère que le médecin doit faire un test pour

vérifier l'état de ses intestins. Ma mère essaie de se lever pour aller à la salle de bains. L'infirmière lui dit de se recoucher et lui tend une bassine. Je vois l'épouvante dans son regard. Il y a trop de monde autour, c'est humiliant. Je sors dans le couloir pour la laisser seule. Je m'empêtre dans le rideau. Je veux discuter avec l'infirmière, je demande à parler au médecin. On me dit qu'il est parti vers d'autres étages et qu'il ne repassera pas avant demain. J'essaie de me calmer.

Ma mère est couchée mais ne dort pas. Elle veut que je remonte le lit. Le plateau du dîner est sur la table. Je soulève le couvercle. Une boulette de viande grisâtre flotte dans de la sauce tomate. Elle n'a pas faim. Son visage est rouge, elle a chaud. Je lui applique une compresse d'eau fraîche sur la figure. Elle la maintient en place avec peine. Ses poumons sifflent. Je commence à m'énerver. Je sonne. Personne ne vient. J'appuie à nouveau sur le bouton, longuement. J'entends l'appel à l'interphone pour la chambre 26. Une auxiliaire se présente, elle dit à ma mère qu'elle va prendre sa tension artérielle, lui demande de ne pas paniquer, d'essayer de respirer normalement. Elle ne voit donc pas qu'elle n'y arrive plus ? C'est moi qui panique. Ça ne va pas du tout. Je l'empêche de mettre le brassard au bras de ma mère. *Ça ne sert à rien de prendre sa tension.* Je lui dis d'appeler l'infirmière immédiatement. Ma mère étouffe. J'ouvre les rideaux. Je pousse la table, je dégage la voie. Les patients toussent et gémissent autour de moi. Ils appellent les infirmières, essaient de retenir la pauvre auxiliaire qui passe près d'eux. Leur souffrance me laisse froide, ma mère est en danger. Deux infirmières arrivent en courant, me repoussent vers l'arrière et emmènent la civière dans l'aire de choc, de l'autre côté de l'urgence. Je les suis. Elles m'interdisent l'accès à la salle. Je reste dans le couloir, on ne s'occupe plus de moi.

Ma mère est immédiatement prise en charge par une équipe. Ils s'affairent autour d'elle, la redressent dans son lit. On lui injecte un liquide dans le bras, on passe un tube dans son nez. Quelqu'un écoute son cœur avec un stéthoscope. Le médecin. Il a à peine trente ans. L'auxiliaire vient m'informer qu'une inhalothérapeute est en salle. Ma mère a subi un OAP. Je suis trop énervée pour demander ce qu'est un OAP. Elle reste plantée devant moi, me dit qu'il serait préférable que j'aille attendre dans un endroit plus tranquille. Je ne bouge pas : au fond de la salle, les choses n'ont pas l'air de s'arranger.

— Madame B., restez avec nous. Regardez-moi. Madame B., regardez-moi. Code 9, aire de choc.

Je vois le corps de ma mère tomber mollement vers la droite. Elle perd conscience. Elle est en train de mourir sous mes yeux. Mon père n'est pas là. Il devrait être ici. Je veux courir à son chevet, la toucher, lui dire que je suis là, la rassurer pour qu'elle ne se sente pas perdue avec tous ces étrangers autour d'elle. Mes jambes sont lourdes, je suis incapable de bouger. J'éclate en sanglots.

Le médecin m'aperçoit devant les portes automatiques et s'avance vers moi. Il me dit qu'il est urgentologue, me demande si je suis de la famille, si ma mère a exprimé la volonté de ne pas être réanimée. Ce matin, on nous dit que son cœur est faible, qu'elle a une infection, et maintenant, on s'informe de ses dernières volontés. Tout s'embrouille. Je ne suis pas certaine de comprendre ce qu'il est en train de me demander. Est-elle morte ? Est-ce que c'est fini ? Il effleure maladroitement mon épaule. Elle a perdu conscience, on doit l'intuber. Je lui dis que je dois consulter mon père, qu'il va bientôt revenir. Il est passé à la maison chercher les objets personnels de ma mère. Je parle trop. Il insiste, me dit que nous n'avons pas beaucoup de temps. *Nous*, comme si leurs manœuvres me concernaient. Je ne veux pas qu'elle soit intubée, moi. Je veux qu'elle revienne chez nous sur ses deux jambes pour que nous puissions fêter le jour de l'An comme il se doit.

J'entends le médecin me dire qu'elle n'est pas morte, mais qu'elle n'arrive plus à respirer par elle-même. Elle sera plongée dans un coma artificiel. Le cœur est déjà faible. Si cela ne fonctionne pas — et cette probabilité existe —, il veut savoir si elle doit être réanimée ou si elle a exprimé le désir qu'on la laisse partir doucement. Le mot « coma » me fait réagir. Je lui dis de faire ce qu'il faut pour la garder en vie. Je ne veux pas qu'elle meure ou qu'elle tombe dans un état végétatif. Je crie presque. Il repart aussitôt vers ma mère, en marchant, calmement. Je reste là, toujours debout. Il n'y a aucune chaise. Un jeune homme est couché sur une civière. Sa compagne est assise au bout du lit. Ils me regardent tristement.

Je ne sais pas ce que souhaite ma mère. Je ne le lui ai jamais demandé et elle ne m'en a jamais parlé. La jeune auxiliaire me prend par le bras et me conduit au salon des familles. Elle essaie de me réconforter. Me dit de ne pas m'inquiéter, que ma mère est entre bonnes mains. Des phrases vides qui occupent l'esprit, éloignent momentanément l'angoisse. On veut y croire. Mes jambes ne me soutiennent plus. Je m'écrase sur le divan de cuirette. Vidée. J'aimerais parler à Dorothy. Je n'ai pas mon cellulaire.

Mon père et ma sœur arrivent à leur tour, accompagnés d'une infirmière. L'inquiétude se lit sur leurs visages. *Où est-elle, qu'est-ce qui est arrivé ?* J'ai la gorge nouée, je n'arrive pas à parler. Mon père blêmit, prend son visage entre ses mains, croit qu'il est arrivé trop tard. Il aurait dû rester à l'hôpital. *Non, non. Elle n'est pas morte, elle est à l'aire de choc. Elle a eu quelque chose aux poumons. Tout ira bien, il faut avoir confiance.* Ma voix sonne faux.

Le médecin entre. Il nous explique que ma mère sera transférée aux soins intensifs. Je regarde mon père faire un effort pour se concentrer sur ce que le médecin lui dit. Le cœur de ma mère a été sollicité, il a cessé de pomper, ses poumons se sont remplis de liquide. Elle est sous respirateur. Le coma provoqué est nécessaire pour que les organes vitaux reprennent des forces. Dès demain, on va vérifier si elle peut être réveillée et respirer sans l'appareil. Il n'y a aucune raison pour que la situation ne se renverse pas. Mais… Il hésite. Il ne peut rien garantir. Évidemment. Il ajoute : *Le cœur est faible.* Il se tait, attend nos réactions, nos questions. Il est patient. Il nous regarde avec une compassion prudente. Il nous dit que nous pouvons venir la voir avant qu'elle ne soit transférée à l'unité des soins intensifs. Il nous met en garde contre les tubes, le respirateur. *Cela peut surprendre,* dit-il. Le médecin quitte la pièce. Nous continuons à attendre sans dire un mot, comme si ma mère allait apparaître dans l'embrasure de la porte et nous demander de la ramener à la maison.

Après un moment, nous nous dirigeons vers la salle d'urgence. J'ai envie de prendre le bras de mon père, mais je n'en fais rien. Sa douleur m'intimide. Ma mère est allongée sur le lit, on dirait qu'elle dort. Elle est redevenue paisible. Les nombreux tubes ne m'impressionnent pas — je m'attendais à pire —, mais nous restons à distance. J'aperçois ses bras frêles attachés aux barreaux du lit. Je suis bouleversée. L'infirmière nous explique qu'il est nécessaire de l'immobiliser pour qu'elle n'arrache pas le respirateur lorsqu'elle se réveillera. Elle n'a pas employé le conditionnel, mais le futur. Je l'en remercie intérieurement. Elle s'exprime avec douceur et nous invite à parler à ma mère, nous affirme qu'elle entend ce que nous disons. J'ai peur de la toucher. Je crains que sa main ne soit froide. Il n'y a plus aucune trace de douleur sur son visage. Pour la première fois de ma vie, j'ai peur de perdre ma mère. C'est une sensation intolérable, pire que tout ce que j'ai connu jusqu'à présent. Je redeviens la petite fille étendue sur le lit de ses parents qui admire sa mère se maquillant devant la glace avant de sortir. Elle est belle et ses cheveux sont remontés en chignon. On dirait une ruche d'abeilles. Lorsqu'elle se parfume, elle dépose une goutte dans mon cou avant de m'embrasser et de me souhaiter bonne nuit. Elle est jeune, il ne peut rien lui arriver. J'ai l'âge qu'elle avait à cette époque. Tout à coup, plus rien d'autre ne compte que d'être auprès d'elle, de lui parler aussi souvent que possible. Il existe tellement peu de choses importantes dans la vie.

Ma mère a repris conscience dès le lendemain de sa crise, elle n'a plus besoin du respirateur. Un véritable miracle à son âge, nous disent les médecins. Une vraie force de la nature, avancent les infirmières. Nous sommes tous un peu euphoriques. Nous nous sommes embrassés en pleurant. Elle nous regardait en riant. Ses poumons fonctionnent mieux, le liquide a presque disparu et les battements de son cœur ne sont plus aussi erratiques. L'infection est toujours présente, mais cela n'inquiète pas son médecin. L'antibiotique est efficace. Elle reprend des couleurs. Elle blague avec les infirmières et n'a que des éloges à faire à leur sujet. Elle est impatiente de revenir chez elle, pour se reposer. À l'hôpital, elle n'arrive pas à dormir profondément. On la réveille constamment pour prendre son pouls, sa température, faire des prises de sang. Pour l'instant, on la garde sous observation tant que l'infection ne sera pas disparue. Le médecin a souligné qu'elle avait subi un grand stress avant l'incident. Depuis, je me sens coupable. Je me demande si mon retour a quelque chose à voir là-dedans.

À la maison, mon père a sorti les boîtes de photos et, avec ma sœur et mon frère, nous les avons regardées jusqu'à tard dans la nuit en vidant je ne sais combien de bouteilles de vin, soulagés de savoir notre mère hors de danger.

Le Polaroid

Le petit chat noir et blanc m'accompagne partout depuis que nous sommes arrivés au camping. Le matin, je me lève avant tout le monde pour le nourrir. Je passe par-dessus ma sœur avec qui je partage le lit. J'enjambe mon frère couché sur le matelas pneumatique posé sur le plancher de la roulotte. Je contourne la table de la cuisine transformée en lit pour mes parents. Je fais attention à ne pas réveiller ma mère. Des grognements se font entendre. On a beau dire, ce n'est pas parce qu'on est en famille qu'on est à son aise. Ma sœur appelle cela de la promiscuité. J'ai cherché le mot dans le dictionnaire et j'ai compris pourquoi elle ne veut plus venir en vacances avec nous. Mais elle est trop jeune pour rester seule à la maison d'après ma mère. Ce à quoi ma sœur lui répond qu'elle a besoin de son espace. J'ai bien aimé la réplique et je l'ai notée dans mon cahier pour plus tard. Ça peut servir. Je la comprends, moi aussi j'aimerais avoir une chambre à moi toute seule. Je déteste dormir avec elle.

Mon père est déjà dehors. Il lit le journal sur la table à pique-nique. Une odeur de café flotte dans l'air. Je sors doucement, mais la porte moustiquaire claque contre le cadre de métal, et provoque de nouveaux bougonnements à l'intérieur.

— J'ai donné du lait à ton chat. Il était affamé.

— C'est une chatte.

Je l'ai prénommée Minou. Aussitôt qu'elle entend le bruit des céréales qui tombent dans le bol, elle saute sur la table. Les chats ont un sixième sens. Ils savent reconnaître les gens qui les aiment et qui s'occupent d'eux. C'est pour cela qu'elle m'a adoptée. Ma mère a peur des animaux, même des plus petits. Elle tolère Minou parce que sa présence m'occupe. Je préfère être en compagnie de mon chat qu'avec la petite fille des voisins. Elle a mon âge et elle parle français, mais elle chigne tout le temps.

J'étais assise sur ma chaise de toile bleue qui ne pince pas les cuisses lorsque je l'ai aperçue pour la première fois. Je lisais une bande dessinée en suçotant un popsicle à la banane. Elle s'est arrêtée devant moi. Nous nous sommes observées sans bouger pendant… dix bonnes minutes. Elle s'humectait les pattes de devant pour mieux se laver les oreilles. Sûre d'elle.

Mon popsicle fondait. J'avais les doigts dégoulinants. J'ai tendu le bâton vers elle pour l'attirer et elle a sauté sur mes genoux. Elle m'a léché la main de sa langue râpeuse. Puis elle s'est mise en boule et s'est endormie en ronronnant, tout naturellement. Les chats qui ronronnent sont heureux. J'ai lu cela quelque part. J'ai refermé mon livre et j'ai caressé sa petite tête douce. Depuis, nous ne nous quittons presque plus. Si nous allons à la mer ou en ballade, elle reste à la roulotte et attend notre retour. Avant-hier, nous sommes rentrés plus tôt en raison du mauvais temps. Minou était sur la table à pique-nique, une souris morte entre les pattes, fière de sa prise. Ma mère l'a remarquée la première et a poussé un cri. Mon père a nettoyé la table avec de l'eau de javel. Nous avons dû manger à l'écart, près du foyer, tellement l'odeur était forte.

Je crois que cela a gâché mes chances de ramener Minou à la maison. Lorsque j'en ai parlé à ma mère, ma sœur s'est mise à hurler qu'elle n'aimait pas les chats, qu'elle ne pourrait pas supporter sa présence dans la voiture et dans sa chambre. Sa chambre ? Je n'ai pas riposté. Il faut dire que les voyages sont compliqués avec ma sœur parce qu'elle est toujours malade en auto. Il faut s'arrêter souvent et cela rend mon père impatient. Le Gravol et le 7Up n'ont aucun effet sur elle. Il flotte toujours dans la voiture une odeur de vomi, et je suis très sensible aux odeurs.

Ma mère me dit d'être raisonnable. Un chat a besoin de compagnie et il n'y a personne à la maison durant la journée. Et puis ce chat appartient sûrement à quelqu'un. Je sais qu'elle a raison — elle a toujours raison —, mais ce n'est pas si simple d'être raisonnable. J'ai essayé de me le répéter cent fois par jour, mais je perds le compte, je dois recommencer et cela me fatigue. Ma tête est lourde à force d'essayer de la convaincre et de trouver une solution. Pourquoi est-ce que je ne peux pas faire tout ce que je veux, quand je le veux ? Ma sœur me dit que ça aussi c'est impossible. Elle essaie toujours de me décourager.

Je m'installe avec Minou dans un coin tranquille, loin de ma sœur et de mon frère. Je lui raconte ma journée en parlant tout bas pour que personne n'entende. Parfois, elle appuie sa patte contre son oreille. Elle ressemble à mon grand-père lorsqu'il met sa main en cornet pour mieux entendre. Je lui raconte mes secrets et mes chagrins et ça fonctionne. Je me sens toujours mieux après.

En vacances, j'ai plein d'images dans la tête. L'autre jour, j'ai voulu photographier des empreintes de pas en gros plan. Elles me faisaient penser à des dunes de sable dans le désert. Mon père n'a pas voulu. Il a dit que nous ne devions pas gaspiller de la pellicule pour de telles niaiseries. Je n'ai pas répliqué. Ma mère a suggéré que je les dessine, mais je ne suis pas douée pour le dessin. J'ai passé la journée à bouder, mais mon père ne s'est aperçu de rien.

Ce matin, il est parti jouer au golf avec le voisin. Ma mère boit un café, le nez plongé dans un livre. Mon frère et ma sœur sont à la piscine et ils n'ont pas voulu que je les accompagne. Ils disent que je ne sais pas nager et que je requiers trop d'attention. Je ne sais pas quoi faire. Je m'ennuie et je suis de mauvaise humeur. J'entre dans la roulotte. Ma mère lit toujours. Je chantonne pour couvrir le bruit des portes d'armoires. Je cherche le Polaroid. Mon père est le seul à pouvoir utiliser l'appareil. Il dit que chaque photo coûte très cher et que nous sommes trop jeunes pour nous en servir. Je referme la porte doucement et je fais le tour de la roulotte, Minou sur les talons et l'appareil derrière mon dos. Nous nous plaçons près du foyer de briques. À cette distance, je peux garder un œil sur ma mère et prendre des photos de ma chatte. J'appuie sur le déclencheur. La première est ratée. Trop sombre et trop floue. J'ai bougé en la prenant parce que ma mère m'a appelée au même moment.

— Ici. Je joue avec ma chatte.

Elle ne se retourne pas.

— *Ne t'éloigne pas, me lance-t-elle.*

J'appuie une seconde fois. Minou a la tête entre les pattes. Je continue. J'aime le bruit régulier du déclic, l'odeur acide du papier qui brûle et révèle l'image. En inclinant le papier sous les rayons du soleil, je crois que la photo apparaît plus vite. La suivante est franchement meilleure. Minou a les pattes de devant posées sur l'accoudoir, aux aguets, prête à bondir sur un oiseau qui s'aventurerait trop près. Elle est photogénique, comme moi. Elle sait comment prendre la pose. Je suis fière de mes clichés.

— *Qu'est-ce que tu fais ?*

Je n'ai pas entendu ma sœur arriver.

— *Tu vas te faire engueuler. Tu le fais exprès !*

Je ramasse les photos, vingt au total. Je cours vers la roulotte pour remettre l'appareil à sa place avant le retour de mon père. Ma mère vient de rentrer. Je suis énervée et j'échappe mes photos sur le plancher. Son regard croise le mien, je vois la déception sur son visage. J'ai désobéi à mon père. Elle me prend l'appareil des mains sans rien dire, mais ma mère n'a pas besoin de parler pour faire sentir sa colère. Elle le replace dans l'armoire. Je m'empresse de cacher les photos dans le tiroir, sous mes vêtements, et je ressors aussitôt. Ma mère me dit de revenir, j'attrape ma bicyclette et je me sauve le plus loin possible. Je sais que je n'y échapperai pas, alors j'aime autant retarder le moment. Je vais attendre que la crise soit passée et je reviendrai.

Je me rends jusqu'à l'entrée du terrain de camping. J'aperçois la voiture de mon père à la barrière. Il discute avec le préposé. Je le vois rire. Dans quelques minutes, ma sœur lui dira que j'ai utilisé le Polaroid et il ne rira plus. Je freine brusquement et je vire de bord. Il ne m'a pas vue, heureusement. Je me dirige vers la piscine. Il y a un cabanon dans lequel les sauveteurs rangent l'équipement, je pourrais m'y réfugier. Encore une heure à attendre avant la fermeture de la piscine.

Je m'installe les deux pieds dans l'eau pour me donner une contenance devant le surveillant de la piscine. C'est celui que je trouve le plus beau. Il est grand, musclé, il a les cheveux noirs et les yeux bleus. Son bronzage doré contraste avec son maillot orange. Il met toujours de la crème blanche sur son nez. Ça lui donne un petit genre. Il n'y a aucun baigneur. Il passe l'écumoire. Il se dirige vers moi, m'adresse la parole en anglais. Je ne comprends rien à ce qu'il me dit. Il parle vite et cela m'énerve. Il doit vraiment me trouver stupide. Il me fait signe de sortir, me montre le cadenas sur la porte grillagée. Je fais semblant de comprendre : Yes, yes. Je pars à regret. Mon plan vient de tomber à l'eau. Je reprends ma bicyclette et je roule sur les chemins en terre battue du camping. Le terrain est immense. Ça sent le steak sur charbon de bois. Je commence à avoir faim et je n'ai pas d'argent pour le snack-bar. Tout au bout de la route, je découvre la section des tentes. Il y a là un bâtiment avec des douches et des toilettes. Ça sent le renfermé. Je me lave les mains en me regardant dans le miroir. Je fais semblant d'attendre quelqu'un. Mes parents ne viendront pas me chercher jusqu'ici.

Le soleil se couche. Je ne sais pas quelle heure il est, mais ça doit faire au moins trois heures que je suis ici à ruminer. Et maintenant, je ne suis plus certaine de pouvoir retrouver mon chemin dans l'obscurité. Je m'en veux d'avoir utilisé l'appareil photo. Je n'aurais pas dû. Je mets le nez dehors. Mon vélo est toujours là. Les insectes s'agglutinent autour de l'ampoule blanche. Au delà, il fait noir comme chez le loup. Je n'ai pas peur. Je n'ai pas peur. Pourquoi ne viennent-ils pas me chercher ?

On dirait que je le fais exprès pour faire fâcher mon père. Faut admettre qu'il se met souvent en colère, et il est plutôt imprévisible. Donc, je me prépare toujours au pire. Je calque mon humeur sur la sienne. Ça évite les déceptions. Cette fois, par contre, je crois que c'est vraiment de ma faute.

J'entends des voix. Deux jeunes femmes entrent dans mon refuge. Elles viennent faire leur toilette pour la nuit. Je me lave les mains pour la dixième fois. Elles jettent un regard autour d'elles en me souriant. Elles se déshabillent devant moi. Je n'en reviens pas. Elles sont toutes nues. Je suis gênée, mais je n'arrive pas à détourner le regard. Je suis fascinée par leurs corps. L'été dernier, avec mon amie, on a fouillé dans la chambre de ses parents et on a trouvé un livre sur les positions sexuelles dans le tiroir de la table de chevet. Il y avait toutes sortes d'images qui m'ont écœurée. C'est la première fois que je vois des femmes nues, en chair et en os. Elles sont grandes, avec des hanches minces et des cuisses musclées. Elles sont blondes. De partout. J'aimerais bien être faite comme elles. Elles entrent dans la douche en continuant à bavarder. Je ne comprends rien à ce qu'elles disent, mais ce n'est pas de l'anglais. Qui sait ce qu'elles peuvent bien se raconter. Elles ressortent avec une serviette enroulée autour des hanches. Elles pourraient au moins se couvrir complètement. Je veux m'en aller d'ici, mais je n'ose pas sortir dans le noir.

L'une d'elle s'approche. Je recule instinctivement devant ses seins dressés. Ils sont si près que je pourrais les toucher. Elle m'observe d'un drôle d'air en me parlant. Je hausse les épaules en signe d'ignorance. Elle met la main à sa bouche en faisant mine de tenir un ustensile. Je fais non de la tête. Allez-vous-en et laissez-moi tranquille. Elle insiste, dit quelque chose à son amie et me prend la main. Je la retire brusquement et je m'éloigne d'elle. Je réfléchis. Pourquoi me suis-je fourrée dans ce pétrin. Je suis coincée. Elle est devant moi et bloque l'accès à la porte. Mon cœur bat dans ma poitrine. Je pourrais la pousser, essayer de la faire tomber, le temps qu'elle se relève, je décampe vers la sortie. J'attrape mon vélo et je roule sans m'arrêter jusqu'à la barrière pour demander de l'aide. Elle s'est accroupie devant moi, caresse mon bras. Sa serviette s'est ouverte sur ses jambes. Je dois sortir.

J'entends mon nom. C'est ma sœur. Elle est là dans le cadre de la porte. Elle dévisage les jeunes femmes. Je la rejoins à toute vitesse. Je n'ai jamais été aussi contente de la voir.

— Elle est ici ! Je l'ai trouvée.

Je sors de la toilette avec ma sœur. Mon frère et mon père viennent vers nous en éclairant le chemin avec la lampe de poche.

— Pourquoi t'es-tu sauvée, tête de linotte ! me demande mon frère en m'ébouriffant les cheveux.

Mon père me prend dans ses bras. Il me serre fort et m'embrasse. Je bredouille des excuses en pleurant. Je n'aurais pas dû me servir de l'appareil photo. Il me dit que ce n'est pas grave, que je leur ai donné toute une frousse. Il me dépose par terre. Nous retournons à la roulotte.

Ma sœur et mon père me tiennent fermement la main pendant que mon frère roule à côté de nous sur ma bicyclette. Ma mère nous attend dehors. Elle fume une cigarette. Minou est étendue à ses pieds. C'est elle qui m'aperçoit la première. Elle se redresse sur ses pattes, les oreilles pointues, elle attend que ma mère fasse un mouvement. On dirait qu'elles sont devenues des amies. C'est étonnant de les voir ainsi ensemble toutes les deux, Minou et ma mère qui n'aime pas les chats. Ma mère se lève d'un bond. Elle a l'air très fâchée. Elle est devant moi, les poings sur les hanches. Je me blottis contre mon père.

— Gabrielle, fais-moi plus jamais ça !

Elle n'en dit pas davantage. Elle n'a pas besoin. Ils se sont inquiétés. J'ai encore déçu mes parents et je n'en suis pas fière. Je rentre dans la roulotte, je mets mon pyjama et je me brosse les dents. Je n'ai même pas faim. Je tire le lit et je me couche. Ce soir, je n'ai pas le goût de lire. Les autres restent dehors devant le feu de camp. Ma mère entre chercher le sac de guimauves. Elle ne me parle pas, ne me regarde pas. Je voudrais lui dire que je suis désolée, mais je n'ose pas, je ne veux pas faire éclater sa colère pour de bon. Je me tourne vers le mur. Ma peine est tellement grande qu'elle me donne mal au ventre. Je ne sais pas comment je vais pouvoir me faire pardonner. J'ai gâché les vacances de tout le monde.

Le sifflement joyeux de mon père me tire du lit le lendemain matin. J'ai dormi comme une bûche. Une odeur de bacon et de pain grillé entre par les fenêtres et se mêle à celle des grands pins alourdis de cocottes qui se balancent au vent. L'air est légèrement sucré. Je me redresse dans mon lit pour regarder dehors. En lui versant un café, ma mère se penche pour embrasser mon père dans le cou. Mon frère embête ma sœur, comme d'habitude. Je fais ma toilette rapidement et je sors. Mon père me taquine, me souhaite un bel après-midi. Ma mère me verse un jus d'orange. Elle est souriante ce matin. C'est bon signe pour moi. Nous nous attablons devant des crêpes au sirop d'érable. Minou se tient sous la table, à l'affût des miettes qui pourraient tomber entre les planches de bois.

Je rougis en découvrant une photo de ma petite chatte glissée sous mon assiette. En me précipitant pour ranger l'appareil hier, j'ai oublié de retirer la dernière. Pendant un court instant, mon visage s'assombrit et je crains de voir mon père s'emporter. Mais le temps est au beau fixe. Il rit. Tout le monde est de bonne humeur. La tempête est passée. C'est la meilleure photo. Minou est assise bien droite au fond de la chaise de bois, une patte levée vers moi.

Chez Sophia

Gabrielle et moi, nous nous parlons presque chaque jour depuis qu'elle est chez ses parents. Ça me fait tout drôle d'avoir une amie avec qui discuter. Après Emily, il n'y a eu personne d'autre. Je sens qu'elle en a plein les bras avec les visites à l'hôpital, la maison remplie de monde, elle qui aime tant sa solitude. Sa mère sortira bientôt et Gabrielle a décidé de rester avec elle quelques jours de plus. Je l'ai convaincue de prendre son temps, que tout allait très bien ici. Si elle savait, la pauvre. Je ne me suis jamais autant amusée. Je devrais avoir honte, mais non. Le lendemain de son départ, j'ai emménagé chez Claude. Son colocataire est retourné au Nouveau-Brunswick pour les vacances et Claude m'a offert d'occuper sa chambre. La pièce est immense. Il y a des livres, un système de son, un téléviseur. Le lit, fait de trois matelas superposés avec des coussins et des traversins partout, est au milieu de la pièce. J'ai l'impression d'être la princesse au petit pois. J'aurais pu rester à l'hôtel, mais son offre m'a fait plaisir et je n'ai pas trouvé de raisons de la refuser. Je ne l'ai pas dit à Paul, j'ai eu peur de sa réaction. Il m'a demandé si j'avais besoin d'argent. Il en a déposé dans mon compte le lendemain matin. J'ai l'impression de vivre dans une bulle et je n'ai pas le goût d'en sortir. J'ai si peu de choses à moi. J'en parlerai à Gabrielle lorsque nous retournerons à Tignish. Mais pas avant. Pas au téléphone. Pour l'instant, je préserve la chaleur et la douceur de ce moment.

La lampe de chevet est encore allumée et mon livre est ouvert à côté de moi. J'ai lu une bonne partie de la nuit sans m'inquiéter du lendemain. Je dors peu mais je dors bien, et j'ai de l'énergie à revendre. L'arôme du café me tire du lit. Claude prépare le petit-déjeuner : des baguettes de pain grillé avec de la confiture de framboises faite par sa mère. Un café au lait m'attend sur la table de la cuisine. Vers neuf heures, nous quittons l'appartement en direction de la librairie, à quelques coins de rues. Je lui donne un coup de main pour classer les livres. J'aime sa présence. Je le surprends parfois en train de m'observer. J'aide les clients à trouver ce qu'ils cherchent. J'imaginais les citadins plutôt désagréables, toujours pressés, mais ses clients sont sympathiques. Je ne touche pas à la caisse, même si j'y suis habituée. Je ne veux pas faire d'erreurs.

Après la fermeture, nous allons marcher. Nous mangeons dans un restaurant différent tous les soirs. J'essaie de ne pas trop me questionner, de profiter du moment présent. Je lui annonce que Gabrielle ne revient pas avant quelques jours. Il semble heureux de la nouvelle. J'ajoute que je vais retourner à l'hôtel, que je l'ai suffisamment embêté. Son visage s'assombrit. *Tu ne te plais pas ici ?* me demande-t-il. J'hésite, je suis déchirée entre le désir de rester chez lui et l'impression que ça ne se fait pas. Je ne veux pas m'imposer. Il devrait passer plus de temps avec des amis de son âge. Fêter Noël avec eux. Arrête tes simagrées, Dorothy : qu'est-ce qu'un jeune homme de trente-quatre ans peut bien attendre d'une vieille comme toi ?

Il m'avoue qu'il espérait célébrer le réveillon avec moi. Il hésite. Il aimerait que… Il se tait. Il rougit. Je suis soulagée sans trop savoir pourquoi. Je voudrais lui dire que moi aussi, je veux passer le réveillon avec lui, que j'espérais qu'il m'invite, que je ne me suis jamais sentie aussi bien que depuis que je le connais, mais je n'arrive pas à lui avouer tout ça. Je dis simplement que j'accepte avec plaisir, et j'insiste pour cuisiner. Ce sera ma façon de le remercier de son hospitalité. Je suis si guindée que c'en est décourageant. Pourtant, ça ne semble pas le déranger. Il veut acheter du champagne, du fromage, un gâteau au chocolat. La dernière fois que je me suis sentie si heureuse, c'était à l'époque de mes fréquentations avec Paul, avant la demande en mariage. Doux Jésus, que la vie est étrange. Qu'est-ce qui t'arrive, ma pauvre Dorothy?

Des femmes ordinaires

Ma mère sort de l'hôpital aujourd'hui. Je vais la chercher pour la ramener à la maison. À mon arrivée, elle est assise dans son fauteuil et discute avec les deux infirmières. Je reste un moment sur le pas de la porte à les écouter. Sa voix est déjà meilleure, on la félicite pour sa vitalité. Ce commentaire me met de belle humeur. Elle recommence à se battre.

J'entre dans la chambre. Ma mère est contente, son regard est brillant. Elle a déjà rangé ses choses dans un sac en toile. Elle attend de recevoir son congé. Je lui ai apporté ses bottes et son manteau d'hiver. J'ai aussi avec moi la boîte de chocolats qu'elle veut offrir aux infirmières. La pénombre de la chambre nous isole un peu du reste de l'étage, bruyant et animé à cette heure.

— Comment te sens-tu ?

— Je me sens plus en forme. J'ai eu une bonne nuit.

Elle s'est maquillée et a coiffé ses cheveux. Son teint est meilleur, mais je la sens soucieuse. Le médecin doit passer incessamment pour une dernière consultation, et ensuite, nous pourrons quitter cet endroit. Hier, il lui a confirmé que l'infection était guérie et qu'elle n'avait plus à s'inquiéter de sa santé, qu'elle était comme neuve.

Je caresse sa main timidement. Lui demande si elle a besoin de quelque chose. Elle me dit de rester assise, qu'on est très bien comme ça. La tranquillité est un luxe dans un hôpital. Nous avons prévu un souper à la maison la veille du jour de l'An. Rien de trop extravagant. Si elle préfère, nous pouvons annuler. Il ne faut pas qu'elle se fatigue ou se sente obligée. Ce sera à la bonne franquette, quoi. Elle me regarde, l'air las tout à coup.

— Une autre année qui commence… Je ne pensais pas me rendre à la fin de celle-ci.

Nous sommes émues. Elle regarde dehors, je change de sujet, lui dis que Juliette a rempli le congélateur de nourriture pour les semaines à venir et que papa est allé à l'épicerie ce matin. Ils ne manqueront de rien. Je m'étais pourtant promis de ne pas lui parler de platitudes. *C'est parfait*, me dit-elle. Quelque chose la dérange. À quoi pense-t-elle en ce moment? Au fait que nous les aidions? Qu'ils deviennent moins autonomes?

Le téléphone sonne. Je décroche. La voix est familière. Je passe le combiné à ma mère. Elle s'anime, s'excuse de ne pas avoir donné de nouvelles, raconte ce qui lui est arrivé sans trop fournir de détails. Ma mère est pudique, s'inquiète d'embêter les autres avec ses histoires. Elle déteste tout ce qui lui rappelle le déclin, la vieillesse. Elle dit qu'elle doit ralentir, cesser de monter et descendre les marches. *J'ai plus soixante-dix ans!* Elle rit. Le même rire, intact, toujours un peu contenu, par peur de l'excès.

— Je te laisse, ma fille est ici. On se rappelle après les fêtes.

J'ai l'impression fugace qu'elle hésite avant de raccrocher, comme si elle cherchait à retenir un peu plus longtemps la personne à l'autre bout du fil. Comme si c'était leur dernière conversation. Le souvenir de mon grand-père me revient à l'esprit. Il vivait dans un foyer pour personnes âgées depuis quelques mois. J'étais venue lui rendre visite. Après notre entretien, il m'avait raccompagnée lentement jusqu'à l'ascenseur. Je me souviens de son regard bleu délavé, de ses cheveux blancs clairsemés. Cette image de lui, appuyé sur sa canne, qui retenait les portes en me racontant une dernière anecdote, m'est restée en mémoire. Comme s'il essayait de me garder près de lui le plus longtemps possible, d'emmagasiner un maximum de souvenirs avant de quitter cette terre. À l'époque, j'avais trouvé agaçante son insistance. J'étais mal à l'aise et je voulais m'en aller. J'appuyais sur le bouton pour refermer les portes. Il est mort peu de temps après.

J'ignore à quel moment cela m'est venu, mais j'ai décidé d'être attentive à tout cela : les comptes rendus quotidiens sur l'évolution de la maladie, les traitements, les souvenirs du passé qui remontent à la surface. Ces conversations auxquelles je ne portais qu'une attention limitée — convaincue que le bonheur était ailleurs, dans la profondeur et l'intensité à toutes les minutes de la journée — me donnent aujourd'hui le sentiment d'être en vie, de goûter chaque moment. Est-ce la peur de perdre ma mère qui me fait ralentir, qui concentre mon attention ? Je ne trouve rien de plus important, j'ai l'impression d'être en désintoxication de vitesse. J'arrête les images, les bouts de phrases qui me traversent l'esprit. Je sais qu'il est difficile de rattraper tout ce que j'ai pu négliger à cause de ma jeunesse ou de mon impatience, mais je ne veux plus jamais être insensible à un regard insistant qu'on regrette toute sa vie d'avoir ignoré.

— C'était Lisette.

Une vieille amie de ma mère.

— Elle va bien ?

— Des petits malaises, comme nous toutes.

Ma mère a toujours été entourée d'amies. Des amies de femme, c'était son expression. Elle les invitait lorsque mon père partait en voyage. Je ne me souviens plus de leurs discussions, mais je me rappelle l'ambiance de ces soirées. Elles étaient assises à la table de la cuisine, fumant des cigarettes et buvant du fort qu'il ne fallait surtout pas diluer avec de la boisson gazeuse : cela donnait la nausée. Elles le disaient en se tournant vers ma sœur et moi. J'enregistrais l'information en supposant que cela pourrait m'être utile. Elles étaient toujours bien coiffées et bien maquillées. C'était leur sortie. Je faisais semblant de me moquer de ces coquetteries avec ma sœur, mais j'étais déjà fascinée par les bijoux et les sacs à main et je rêvais de pouvoir, un jour, m'offrir tout ce que je désirais.

Un épais nuage de boucane flottait dans la cuisine et nous piquait les yeux. On ne s'en inquiétait pas. Ma sœur et moi allumions des chandelles qu'on collait au fond d'assiettes en aluminium. Ma mère prétendait que cela absorbait les odeurs et la fumée de cigarettes. Nous avions du plaisir à écouter les conversations de ma mère et de ses amies. Nous nous installions sur le comptoir, le dos courbé, les pieds ballants, la bouche ouverte, ne perdant pas un mot de leur discussion. Au début de la soirée, elles faisaient attention à ce qu'elles disaient, puis elles oubliaient notre présence. Elles parlaient fort, s'engueulaient parfois, racontaient des blagues que je ne comprenais pas. Elles étaient au début de la quarantaine, l'âge que j'ai maintenant. Elles venaient de milieux modestes, avaient fait peu d'études, sauf ma mère qui avait obtenu son diplôme d'enseignante de l'école normale. La plupart ne travaillaient pas à l'extérieur de la maison.

À l'époque, je me disais que ma vie serait différente. Je ne me voyais pas rester à la maison pour élever des enfants et attendre que mon mari revienne du travail. Je voulais partir du Saguenay, voyager, travailler et aller loin dans la vie, sans trop savoir ce que cela signifiait. La seule certitude que j'avais, c'était que personne ne déciderait à ma place de ce que j'allais faire. Ma vie serait excitante. Aujourd'hui, en écoutant ma mère, qui attend patiemment que le médecin lui donne son congé, je me dis que je n'avais pas besoin d'aller si loin. Mais si je ne m'étais pas éloignée, comme je le voulais, aurais-je fini par comprendre ce qui me brûlait?

L'infirmière vient nous annoncer l'arrivée du médecin. Ma mère paraît soudain délivrée de son inquiétude. Elle me sourit.

L'Île en dormance

La tempête n'a pas faibli depuis cinq jours. Le pont est fermé en raison du blizzard. La visibilité est réduite et les routes, glacées. Il n'y a aucun moyen de sortir de l'île, même les avions sont cloués au sol. Je marche deux heures tous les jours, le visage protégé par mon passe-montagne. Le vent forme un mur devant moi et m'empêche d'avancer, ou alors, il me projette en avant. Je danse avec lui, je fais des pirouettes sur la surface gelée. La neige virevolte et se soulève comme de la farine dans laquelle on jette un bloc de beurre. La mer n'est plus qu'une immense tache d'encre qui se répand sur la plage de granules blanches. Mon souffle est profond et régulier. J'écrase les monticules de glace d'un coup de pied pendant que Leonard Cohen chante : *There is a crack in everything/that's how the light gets in.* Sa voix me donne de l'énergie.

Le 4 × 4 de Paul est garé dans l'entrée. Il pellette la neige accumulée sur les marches de la galerie.

— T'es là d'puis longtemps ?

J'articule avec difficulté.

— Je viens d'arriver. Je peux te parler ?

Nous secouons nos bottes et entrons. Depuis le matin, j'alimente le poêle à combustion lente, la maison est chaude. Je prépare du café. J'ai rarement l'occasion de parler seule à seul avec Paul. Encore moins depuis que Dorothy et moi sommes revenues de Montréal après les fêtes. J'ai l'impression qu'il m'évite. Elle lui a annoncé qu'elle avait rencontré quelqu'un. Il croit peut-être que c'est de ma faute ? Il se doutait que quelque chose s'était passé à Montréal, mais il n'aurait jamais imaginé que Dorothy puisse le tromper. Cela ne lui ressemblait pas. De l'entendre a été un choc pour lui, même si leur couple n'en était plus un depuis longtemps. Il a bien été obligé de regarder sa propre vie en face. Selon Dorothy, quelque chose a cédé en lui depuis qu'elle a fait basculer leur vie. Elle remet en question la construction de la librairie à Tignish. Elle parle d'aller vivre à Montréal. Claude et elle s'écrivent tous les jours. Je suis un peu mal à l'aise devant Paul, mais j'attends qu'il parle le premier. Il prend son temps, il n'a pas l'habitude. Il boit une gorgée, s'éclaircit la voix.

— Je vais quitter Tignish pour un p'tit bout de temps. Mon frère va reprendre la boucherie.

— Pour aller où ? dis-je étonnée.

— Je ne sais pas. Dorothy m'a suggéré de voyager. Je pense que ça me ferait du bien d'aller voir le monde. De sortir de mon village.

Il se tait, porte la tasse à ses lèvres. Je remarque le poil blond sur ses mains. Ses ongles sont impeccables, comme s'il avait reçu une manucure.

— J'ai décidé de vendre la maison. J'ai pensé que tu pourrais être intéressée. En fait, c'est Dorothy qui a eu l'idée. Mais crains pas, si tu la veux pas, je vais pas te jeter à la rue.

La notion d'être à la rue me fait sourciller. Je réponds sans trop réfléchir. *Combien en demandes-tu ?* Je ne suis pas certaine d'en avoir les moyens. La maison a beau être modeste, elle est tout de même située au bord de l'Atlantique. L'idée de l'acheter ne m'a jamais effleuré l'esprit, mais à cet instant précis, c'est la seule chose qui compte. Il dépose une feuille de papier pliée en deux devant moi, me dit qu'il me laisse y penser et reviendra demain pour connaître ma décision. Puis, il enfile ses bottes, me salue, me remercie pour le café et il sort. Le prix est inscrit sur le papier. Juste en dessous, en lettres majuscules, c'est écrit : NÉGOCIABLE. Souligné au crayon rouge.

Paul n'était pas encore remonté dans sa voiture que j'appelais Dorothy pour l'informer de la visite de son mari. Elle serait très heureuse que j'accepte l'offre de Paul. La maison resterait dans la famille, en quelque sorte. J'ai passé l'après-midi au téléphone avec la banque, le notaire et l'assureur. En fin de journée, je finalisais mon emprunt. Acheter une propriété n'aura jamais été aussi facile. Trois jours plus tard, j'étais propriétaire d'une jolie maison au bord de la mer, dont le numéro civique, inscrit sur le certificat de localisation, était le 4, chemin de la Traverse. Il n'y avait pas de coïncidences. Le lendemain, j'achèterais une enseigne pour mettre sur la façade. Avec un thé bien chaud, emmitouflée dans un plaid, je me suis calée dans le fauteuil et j'ai repensé aux événements des derniers mois en regardant la neige tomber.

Épilogue

La maladie de ma mère a ouvert un passage en moi. En quelques mois, ma vie s'est transformée. J'étais coincée dans une existence sans relief et sans espoir de changement. Tout avait la même couleur. Aujourd'hui, je ne ressens plus le besoin de fuir. Je me sens utile. Attentive à ce qui se passe en moi et autour de moi. L'angoisse a disparu et l'évidence s'est imposée, clairement, simplement. Me faire confiance. J'ai attendu que la vie m'apporte de la satisfaction. J'ai sauté d'un projet à l'autre en croyant que cela la rendrait excitante. Je me suis trompée.

Ai-je fait mieux ? Je ne sais pas. J'accepte de plus en plus de n'être qu'une femme ordinaire qui mène une vie ordinaire. L'idée ne me déprime plus autant et ne me rend pas la vie misérable comme avant. Au contraire, je me sens davantage enracinée dans le présent.

J'ai retrouvé mon énergie. Je ne me sens plus vieille. Je me suis réconciliée avec la femme que je suis devenue. J'ai cessé de ressentir la honte de ce qui me manquait. Tous les jours, je congédie l'image de la perfection qui m'a si longtemps paralysée. Ce n'est pas simple. J'en ressens parfois de la fierté. Le contentement est si fragile.

Je me reconnais de plus en plus dans ma mère. Elle m'a appris à être forte, indépendante, déterminée. Elle m'a montré à argumenter, à ne pas me satisfaire des réponses toutes faites. À mon tour, j'apprends à ne pas me laisser écraser par cet héritage, mais à l'utiliser de manière créative et féconde. La différence est subtile, parfois presque indiscernable, mais elle m'aide à mieux accepter ce qui m'est donné. Lors de nos conversations, ma mère parle beaucoup de sa propre mère. Ma grand-mère maternelle est décédée avant ma naissance. Elle était une femme sévère et exigeante. En dépit de son absence dans ma vie, son influence a été importante. Je crois parfois l'entendre à travers les paroles de ma mère. J'en ai conçu de l'admiration pour elle.

Ma grand-mère paternelle veille sur moi. C'est mon ange gardien. Je suis souvent allée me réfugier chez elle lorsque j'avais de la peine. Elle m'accueillait sans poser de questions. Jamais. J'étais bien avec elle. Elle m'écoutait patiemment en se berçant dans la chaise près de la fenêtre, son visage souriant tendu vers le mien. Je ne connais rien de sa vie intime, si ce n'est les anecdotes racontées par mes parents. Mais les paroles s'évanouissent. Les émotions, les sentiments, eux, sont bien présents. Je me sentais en sécurité auprès d'elle, libre de faire et de dire ce que je voulais. Ses bras rebondis m'enveloppent. Elle vient me voir en rêve et j'ai l'impression qu'elle est là, bien vivante, au pied de mon lit. Elle protège mon sommeil.

J'aime croire qu'un peu de leur sang coule dans mes veines. Je suis heureuse d'être de cette lignée de femmes courageuses.

Je retomberai parfois dans la mélancolie, je vivrai d'autres chagrins. C'est inévitable. Nos mémoires se superposent et nous obligent à revenir à l'intime, vers nous, pour mieux nous connaître et trouver notre vérité. Apprendre à être vrai. Découvrir qui l'on est vraiment en dehors de son nom, de ses réalisations. Sans artifices.

Cette pensée m'apaise. C'est peut-être cela, le bonheur ?

Table

Achevé d'imprimer en février deux mille treize
sur les presses de

imprimerie **gauvin**

Gatineau (Québec), Canada.